「わたし」と平成

激動の時代の片隅で

Yahoo!ニュース 特集編集部／高田昌幸 編

フィルムアート社

「今でもプリクラで遊んでいる女の子たちを見るとうれしい。
ありがとうという気持ちになりますね」

「新しいことの種をまいてきたのが、『平成』なのかなと。
だから次の時代にはちゃんと収穫したい」

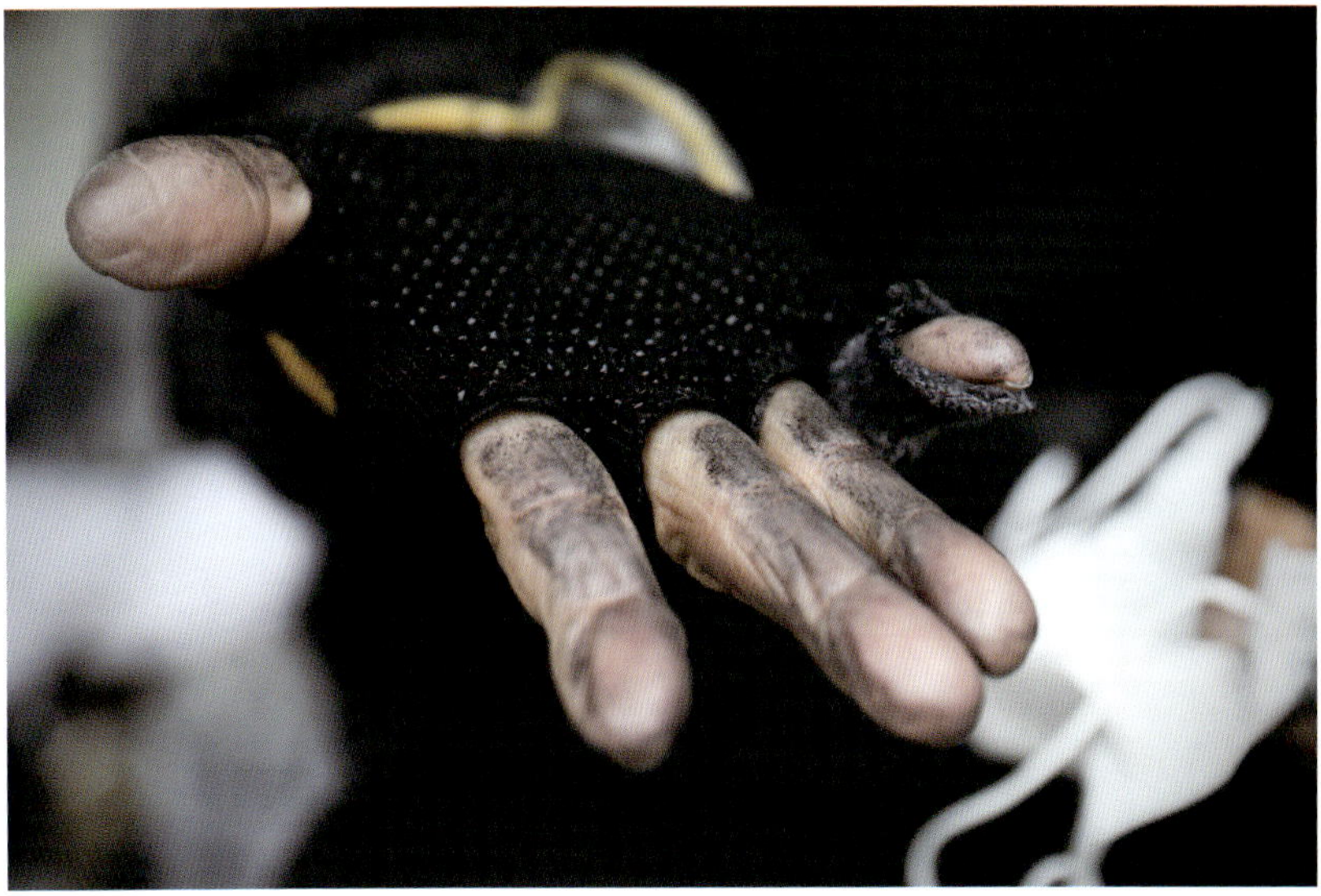

「手の汚れは洗えば落ちるけど、人の心の汚れは落ちないのよ。
お客さんがきれいになれば、私は汚れようがなんだっていいのよ」

「サラリーマンの方は、嫌なこともたくさんしなきゃいけない。
みなさん、立派だなって思いますよ、ここはそういうおじさんたちの遊園地」

「裏切られることが日常茶飯事のこの街で、
「人のつながり」を守ってきたことが、僕が歌舞伎町で生き残れた理由」

「自分の頭で考え、変えたいことは変えよう。
学校も社会もみんながつくっていく場所やで」

第3章 わが道をゆく

「お客さんが作品に出合って、感動したり涙したりする場は映画館。
どこにでもある映画館が、特別な場に変容する瞬間がある」

「この動物園をどのように愛してもらえるか。動物園って、
たくさんの商品を入れればいいっていうスーパーマーケットじゃない」

「『今、愛楽園に住んでいるおじいちゃん、おばあちゃんの人生は?』
って。その先生(弁護士)に言われましたよ、
『それ(を取り戻すの)が裁判なんです』って」

「『戦争がなければ平和だ』って、そんな簡単なものじゃない。
原爆で何人死んだとか、知識じゃないんですよ。大事なのは、
気持ちを伴って想像していくことなんです」

「仲間が死んで、火葬に立ち会ったのが
僕一人だけだったことも何回もある。寂しいよ。
特に僕より若い人が死んじゃうとね」

「子宮の中で10カ月って言うけどね、
1週間に1億年の進化を遂げてるんです。
だから、物言わない赤ちゃんは、神さんやと思ってます」

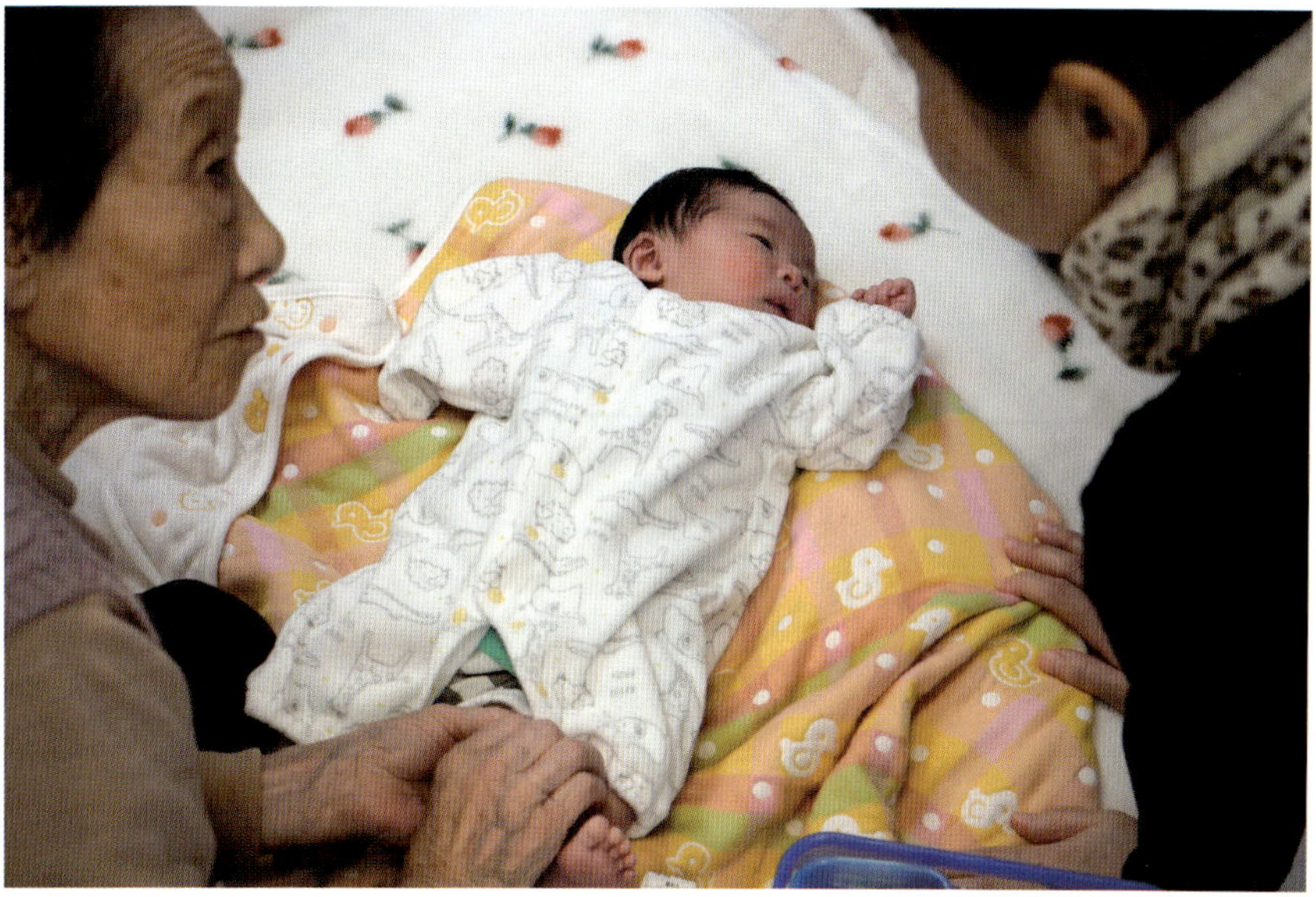

撮影（P2 ～ 7）
第 1 章　上：長谷川美祈　下：江平龍宣
第 2 章　上・下：廣瀬正樹
第 3 章　上：福田栄美子　下：後藤勝
第 4 章　上：岡本隆史　　下：益田美樹
第 5 章　上：当銘寿夫　　下：廣瀬正樹
第 6 章　上：後藤勝　　　下：田之上裕美

撮影（P1、8）：廣瀬正樹

「わたし」と平成

激動の時代の片隅で

ヤフーニュース 特集編集部／高田昌幸 編

目次

第1章 生み出す人々 21

第2章

大都会の雑踏で

第3章 わが道をゆく

第4章

変わる、変える

第5章
語り継ぎたい　183

第6章
命をつなぐ　219

221 若い人の孤独死が増えました。生き抜く力が乏しいのかな
遺品整理　増田裕次さん（44）
229 僕の役割は教会の中で祈ることじゃない
NPO法人「山友会」代表　ルボ・ジャンさん（73）
237 お母さんに抱かれてお乳をもらう。それが赤ちゃんの願い
国内最高齢の助産師　坂本フジヱさん（94）
245 死んだらアカンくらい誰でもいえる。わしが、なんとかしてやる
NPO代表、元警察官　茂幸雄さん（75）
253 後輩に言うんです。モノも人も愛し、勇気を持って現場へ、って
さいたま市西消防署　消防司令長　石井利夫さん（59）
262 「ナンバーワンよりオンリーワン」にも地獄はある
作家　朝井リョウさん（29）
278 おわりに　伊澤理江
280 編著者略歴
※（ ）内は取材当時の年齢

はじめに

平成7年に発売された「プリント倶楽部」は、平成を代表するヒット商品だった。プリクラを知らない日本人は、ほとんどいまい。20代でそれを考案した佐々木美穂さんは、本書の冒頭で、めちゃくちゃ忙しく、めちゃくちゃ楽しかった日々を回想している。

注文に次ぐ注文。毎日夜中まで働き、時には高級シャンパンを空け、臨時ボーナスも出る。そんな日々はもう遠くなった。そして今は介護の仕事に就いているという。

「プリクラ」から「介護」へ。

平成がどういう時代だったか。彼女の歩みはそれを見事に表わしていると思う。

遺品整理の仕事に勤しむ男性は「若い人の孤独死が増えました。生き抜く力が乏しいのかな」と言い、東京・新橋の路上で靴磨きを続ける87歳の女性は「みんな、足が速くなったわね。もうね、じっとしてる人を見なくなった」と語った。

美容師、車いすユーザーの会社員、ホスト、日本最後の灯台守、街の薬局経営者、阪神淡路大震災の遺児……。本書には、そんな30人が登場し、「元年」から「31年」まで続いた平成の30年間を語る。単なる個人史のようでありながら、全編を通して読めば、「平成」が鮮やかに浮かび上がる。

この本は、インターネット上の「ヤフーニュース 特集」において、2018年12月29日から2019年1月10日にかけて掲載された『「わたし」と平成』を元にして編まれた。ネット上の連載は7回。毎回、3～5人が自らを語っている。

本書では、その内容を大幅に加筆したほか、かつてレゲエミュージシャン・三木道三として『Lifetime Respect』を大ヒットさせたDOZAN11氏、ドキュメンタリー映画を軸に活躍中の映画監督・森達也氏、『桐島、部活やめるってよ』などで知られる作家・朝井リョウ氏による「平成」も収録した。

ネット連載では編集デスクとして、本書では監修者として加わった筆者は、それぞれの原稿を最初に読む立場にあった。パソコンの画面で文字を追いながら、「そうだったよなあ」とわが身を振り返ったり、「まだこんなひどいことがあるのか」と憤ったり。笑わせてもらったし、泣かされもした。

本書の最後には、埼玉県の救急救命士が登場する。59歳。さまざまな修羅場をくぐり抜けてきたベテランだ。彼は語る。

「この仕事は何といっても人間愛と言うか、人を思いやることが最も必要です。あとは行動に移すための勇気。では、それはどうすれば養えるのかと。よく後輩には言うんです。あいさつや身の回りの整理整頓のような当たり前のこと、そういう幼稚園生でもできるようなことを大事にして、モノも愛して、人も愛して、思いやりの心を育てようよ、と。あとは常に全力投球で現場に臨む。勇気と思いやりを持ってね」

――モノも愛して、人も愛して。あとは勇気を持って現場へ。

地に足がついた、かっこよさ。

30人＋3人のストーリーは、あなたをぐいぐい引っ張っていくはずだ。

（東京都市大学教授／ジャーナリスト　高田昌幸）

情報が溢れるネットで、「社会」を深く掘り下げる記事を「ヤフーニュース 特集」の試み

２０１５年春、社内の会議室に部署の異なる数人が集められた。上司の説明の趣旨は「オリジナルコンテンツを作る」ということだった。ヤフーニュースには、新聞・通信社、テレビ局、雑誌、ネットメディアなど４００を超える媒体から一日、４千本以上の記事が配信されている。その中で、自社でオリジナルコンテンツを作る。何をすべきか、何ができるか。打ち合わせを重ねた。

ヤフーニュースは１９９６年に開始した。配信された記事の中から価値の高いものを選び、13文字の見出しを付けてヤフージャパンのトップページに掲出するのが、「ヤフーニューストピックス」だ。この編集部はシフトを組んで年中無休の体制で国内外のあらゆるニュースを注視している。編集部員は新聞やテレビ局の記者出身者も多いが、通常、業務として取材に出ることはなかった。自分もその「元記者」の一人だった。

コンテンツの方向性を決めるのに際して、重視したのはネットのニュースをめぐる環境の変化だった。ネットでニュースを読むのはパソコンからスマートフォンへと移り変わっている。ソーシャルメディアでは、報道記事とひとりのつぶやきがフラットに並んで流通する。朝起きてから夜寝るまでに何度もスマホを確認する。号外ニュースは通知が来て何千万の人が瞬時に知ることになる。

タイムラインに膨大な情報が流れる中で、ニュースが「断片化」していないか。社会の複雑な課題が短絡的にとらえられていないか。そんな問題意識を中心に据えた。速報ではなく詳報を。社会に横

たわり続ける長期的な課題を全体的にとらえて深く掘り下げる。字数は4千字以上。新聞に掲載される読み物記事よりもはるかに長い。その長文記事をスマートフォンでストレスなく読み進められるように写真を多用する。大枠の方針を決め、「ヤフーニュース 特集」として2015年9月にスタートした。経験豊かな書き手に依頼し、政治・社会などの分野でのルポ記事や著名人へのインタビューなどを制作。いまでは月間20本ほどの記事を掲出している。

「ヤフーニュース 特集」は、本書の執筆陣をはじめ、各メディアで活躍する多くの書き手に関わっていただいている。本書の監修者である高田昌幸さんには、特集全体のアドバイザーをお願いしている。大きな話題となった記事も多く、一定の手応えを感じているが、まだ始まって3年。少しずつ出来ることを増やしている段階だ。ネットの中で埋もれがちな個人史を発掘する『わたし』と平成」もそのひとつ。「断片化」した平成の記憶をつなぎ直す一助になるだろうか。

（ヤフーニュース 特集 編集長　伊藤儀雄）

東郷神社
東郷記念館
PARIS KID'S
¥300
La Pausa
WE GO
CAFE
プリ
PURIKURA
ラ
クレープ
原宿
SWEET BOX
SALE
SALE
SALE

第1章

生み出す人々

「(深夜の仕事中) みんなで晩ごはん食べに行くんですけど、ついでにピンドン開けちゃうか! みたいな。ボーナスも年に4回出て。今でもプリクラで遊んでいる女の子を見ると、ありがとう、って」。20代のときにプリクラを開発した女性はそう振り返り、今の仕事であるお年寄りの介護についても「楽しいですよ」と笑う。

いつの時代もそうであるように、「平成」でも時流に乗って多くのものが流行り、生まれた。すっかり定着したプリクラの開発者、テレビドラマ「ビューティフルライフ」の影響で多くの人がその道に進んだ美容師、世の中の観察者でもあるラジオドラマの脚本家、常に大自然と向き合う農家。彼ら、彼女らがたどった、この30年とは。

宝くじに当たったようなもの。いつ死んでも悔いはありません

プリクラ開発者　佐々木美穂さん（53）

東京・原宿

佐々木さんは1987年、リクルートからゲームソフト会社アトラスに転職した。転職先で何げなく目にしたビデオプリンター。そこから発想したのが「プリクラ」だ。

「リクルートでは2年ぐらい営業をしていたかな。『とらばーゆ』や『就職情報』『フロムエー』とかの媒体を持って会社を回るんです。新宿の東口から飯田橋が担当エリアだったんですけど、回ろうと思ったら1日に200件ぐらい回れるんですよ。『ビル倒し』って言って法人が入っているビルの上から下まで全部、『求人あったらよろしく！』って名刺と手書きのチラシを置いていく。ひたすらそれをやると、放っておいても次から次へと電話がかかって来る。そんな時代でした」

「たまたま行ったマンション・メーカーの一つがアトラスだったんです。事務員兼グラフィックができる人を募集したいって言われて、それがスタートです。社員はたった7人で、机も人数分なくて、画板に紙を乗せて仕事をしている人がいました。慢性の人手不足だと聞いていたので、しょっちゅう行ってたんですよ。求人があるときだけじゃなくて、『だんご買ってきたよ』とかって。そうすると『ちょうどいいとこ来た、領収書の整理しといて』って頼まれたり。そんな感じでいついてたんですね。1年ぐらいしたころ、当時の原野（直也）社長から『美穂ちゃん、うちに来ない？』って」

プリクラの試作機をゲームショーに出すと、コンパニオンの女の子たちが列をなした。

「セガの常務が来て、『なんだこれは!?』ってなって。たぶん、秘書が『面白いのがあったから行きましょう』って連れてきたんだと思うんですけど。たまたま人材の交流もあったので、セガと組むことになりました。当時セガが運営する（ゲームセンターなどの）店舗が100店舗以上あったので、それだけで100台はつくれる。それ以外に何台と目算を立てて、じゃあ最初の製造は100台のロットから始めようということになったんです。そのときに私は『やばい』と思いました。『これがこけたら会社がつぶれる』って。正直に言って、遊び半分で考えたことだったんです」

「試作機は、カラーボックスに、民生品の防犯カメラやモニター、ビデオプリンターを取り付けただけのもの。ほんと、素朴な仕組みなんですよ。私の身長に合わせているから男の人とかはみんなこんなになって（腰をかがめて）撮るような感じで」

「遊び半分でもこだわりはありました。一番は『撮られてる感』をなくすこと。カメラを向けられると緊張するでしょう？　そうじゃなくて、鏡に写っている顔がそのまま写真になるようにしたかった。女の人は鏡の前で『うん、これだ』っていうときあるじゃないですか？　『決まった』みたいな。そこでシャッターを押したい。自撮り棒なんてない時代ですから」

この光景は日本のあちこちに広がった

1995年7月、「プリント倶楽部」発売。同年、SMAPの番組「愛ラブSMAP!」でプリクラのプレゼント企画が放送されると人気に火がついた。

「問い合わせの電話で回線がパンクしました。全国の女の子たちから『どこへ行けば撮れるんですか?』って。設置先リストを配って全員で電話を受けて。当時は女子高生ブームです。みんなルーズソックスはいて、アムラーで。時代を謳歌してた。プリクラは女の子たちのツールになったんです」

「発売から数年間は夜中の2時、3時まで働いて。受注伝票を書くのも追いつかないので、派遣の人に5人くらい来てもらって。1週間でボールペンのインクがなくなってましたね。夜中12時を過ぎると頭が回らなくなるんだけど、楽しくてしょうがないの。注文がどんどん来るから。会社が入っていたビルの地下にダイニングバーがあって、みんなで晩ごはん食べに行くんですけど、ついでに（高級シャンパンの）ピンドン開けちゃうか！　みたいな。景気付けに飲んで、もうひと頑張り。ボーナスも年に4回出て、社長を見ると『サンタさんだ！』って」

1997年、アトラスは店頭市場で株式公開した。

「社長に『美穂ちゃんも行こう』って証券会社に連れて行かれて、初値が付く瞬間にも立ち会いました。そんな経験、ふつうはできないですよね。私は商売というものをアトラスと原野社長に教えてもらいました。原野社長は生きたお金の使い方をする。今の人たちを見ると、それができていないかなと思います。例えば、売り上げがなかなか達成できないチームがあったとして、だからといって原資を削ってしまうのは一番バカなやり方だと思う。そうじゃなくて、うまい使い方を教えてあげればいいんです」

「もともとアトラスはゲームソフトを開発して大手に納めていたんですけど、『開発以外の商売を始めたい』と。それで『美穂ちゃん、おいでよ』ってことになったんです。

業務用ゲーム機の基板の商売を始めたころ、原野さんが電話でやりとりしているのをそばで聞いてました。私もいろんなところに電話しまくるようになって、同じようなことをしゃべってものを売るようになって。で、いつの間にか私のほうが高く売るようになって、『美穂ちゃんのが高く売れるなあ！』って。なんでも相談できたし、なんでも相談してくれた」

「片っ端から電話していくうちに取り引き先がいくつかできて、業務用ゲーム機をいくつかつくって売るようになったんです。営業ですから、売ったものは自分で届ける。届けるためには運転をしなきゃいけない。乗用車じゃダメだ、トラックに乗ろう。ロープ掛けも覚えなきゃいけない。不具合が出たら直しに行くので、配線図も読めなきゃいけない。なんでもできるようになりました」

取材場所となった東京・原宿の「プリクラランドNOA」には、進化したプリクラ機が25台も並んでいた。

「でも勢いが全然違いますよね。もともとゲームセンターに置くことを考えてつくったものですけど、ゲームセンター自体のお客さんが減ってますから。みんな携帯にとられちゃったんですね。ゲームはゲームセンターでやるものじゃなくなってしまった。ゲームセンターの100円玉ビジネスっていうのは、100円で時間を売るということだったんです。（プリクラは）300円払ってもらって、時間に加えて『写真シール』というお土産を持って帰ってもらう。それが私どもの商売だったんですよね」

「ゲームセンターって、何も持って帰れるものがないですよね？　自販機のジュースぐらい。クレーンゲームでうまくぬいぐるみを取れれば持って帰れますけど、100円じゃ取れないこともある。女の人ってシビアなので、1回300円払ってでも必ず持って帰れるものがあると（気持ちが）違うんですよ。男性陣には『そんなの持って帰ってどうすんの』って言われましたけど」

「いろんな機能がついても、（プリクラの）原点はシールなんですよ。シールは永遠です。シール考えた人すごいなと思う」

「今は都内の介護施設で、お年寄りのケアの仕事をしています。楽しいんですよ。『はい、今日の体操はおしま〜い』なんて言って。失礼な言い方かもしれないけど、かわいくて」

「アトラスを辞めた後、またゲーム業界で働く道もありましたが、もう一度、何か（ヒット企画を）考えてと言われても無理だし、いつ死んでもいいと思うくらいにいろんな経験をしましたから。宝くじに当たったようなものだと思っているんです。今でもプリクラで遊んでいる女の子たちを見るとうれしい。ありがとうという気持ちになりますね」

（文：長瀬千雅、撮影：長谷川美祈）

水泳の道が絶たれ、「キムタクかっこよかったな」って思い出しました

さいたま市

美容師 赤木成行さん（36）

スタイリストの赤木成行さんは2003年、大宮市（現・さいたま市）に3店舗を構える美容室「Hip's deco」で働き始めた。現在は全店舗の運営責任者を務める。

「美容学生は2年生の夏ぐらいから就職活動をするんですけど、僕はここが1軒目だったんです。50人くらい応募があって、採用されたのは4人でした。当時は美容学生がめちゃくちゃ多かったころで。動機は『キムタク』です。男はみんなそれでした」

2000年放送のテレビドラマ「ビューティフルライフ」。木村拓哉さんが演じる美容師と、常盤貴子さんが演じる車いすの図書館司書の恋愛ストーリーだ。最終回には41・3％の高視聴率を記録した。

「高2の冬だったんですけど、めちゃくちゃかっこよかったですよ。そのときはただ『かっこいいな』ってだけで、美容師になりたいと思ったわけではなかったんです。僕は埼玉県のスポーツ強豪校の水泳部で、結構すごかったんですよ。県の代表になったり、海外遠征のメンバーに選ばれたりとかしてて。大学からの誘いも来ていました。それが、高校3年の最後の県大会の前に、停学になっちゃったんです」

「厳しい学校で男女交際禁止だったんですが、交際してしまったんですね。彼女は同じ部活のマネージャーだったんですけど、写真を落としたか何かで、見つかっちゃって。それと、喫煙具所持。たばこは吸ってないです。嘘じゃなく、花火をやったりしてたからライターがバッグに入ってたんですけど、そう言ってもダメで……。2週間の停学になったのが大会の10日ぐらい前。それでも間に合うかもしれないと思って家の周りを走ったり、小学生のころからお世話になっているスイミングで練習させてもらったりしていたんですが、停学明けなかった。めちゃくちゃ泣きました」

大学の話はなくなった。実家のすし屋を継ぐ道もあったが、「なまものが苦手」。両親に「好きなことやっていい」と言われて思い出したのが「キムタク」だった。

「引退したあと、ぼーっとしてたんです。抜け殻みたいになってて。周りは特待生とかで大学が決まっていくんですけど、自分だけ『どうしよう、どうしよう』って。将来はスポーツインストラクターとか、そっちが第一希望だったから」

「実家のおすし屋さんに来るお父さんの同級生に美容師さんがいたんですよ。その人と話しているうちに、(美容師も)いいかなと思って。『そういえばキムタクかっこよかったな』と思い出して。進路が決まったのは、クラスの中で最後の最後でした」

水泳部時代を語る

「（美容学校の同級生には）やめちゃった子も多いです。僕が勝手に思う統計学ですけど、美容学生の時点で既におしゃれなやつと、スウェットとかで学校に来るやつがいるんですけど、今残ってるのはスウェット着てたやつです。違い？　なんでしょうね。根性かな」

「お客さんの髪を切れるようになるまで4年ぐらいかかるんです。毎日練習するんですけど、うちは技術を売りにしているので、結構厳しいんです、（スタイリストになるための）テストが。社長をはじめ6人ぐらい真後ろでずっと見てるんですけど、手が震えて切れなくて。今は審査する側ですけど、今の子たちもみんな手が震えて、汗びしょびしょになって。合格した瞬間に『受かった自分』になる。気持ちが全然違うんです」

「スタイリストになる少し前、アシスタントのころに、1回だけ、当時の店長に『やめたい』と言ったことがあります。（スタイリスト）デビューしたての先輩たちが1日中暇そうにしてる姿を見て、ああいうふうになりたくないなと思ったんですね。あとで分かるんですけど、しかたがないんです。まだ自分のお客さんがいないわけだから。でもキムタクのイメージがあったから」

腕はあるが愛想はない。研究熱心だが、我が道を行くため周囲と軋轢も起こす。まっすぐな生き方と美容の力で、病気と闘う恋人に生きる勇気を与える——。木村拓哉が演じたのはそんな美容師だった。

「現実はちょっと違ったなって。ずっと（埼玉県の）大宮でと考えていたけど、東京の美容室を探したほうがいいのかなって。当時は何も分かってなかったから。でも、『やめたい』と言ったらその気持ちを店長が受け止めてくれて、『俺がなんとかする』って言ってくれた。毎日練習を見てくれるようになって、『俺が必ず売れっ子にする』って、頑張ってくれたんです」

「合格すると名刺がもらえるんですよ。それだけでテンションが上がって、配りたくて仕方がないから、いろんな駅に行って名刺を配りました。今でこそSNSがありますけど、当時はなかった。『ホットペッパー』はすでにあって、店長が『ホットペッパー』の特集ページに若手スタイリストとして大きく載せてくれたんですよ。少し値段が安くなるクーポンをつけて、顔写真入りでばんって出してくれて」

仕事ではどんなことを心掛けているのか。

「『ばっさり切りたい』にもいろいろあると思うんですね。単に飽きたのか、仕事の関係なのか。飽きっぽい人なんだったら、次からいろんな提案をしてあげないと美容を楽しめないな、とか。その人のバックグラウンドをちゃんと考えるようになると、2回、3回と続けて来てもらえるようになった」

「（お客さんには）長く来てもらいたいなって気持ちがあります。新しいお客さんがたくさん来るのももちろん大事ですけど、長く一緒にいたいなって思います。友だちで

採用の基準は？「笑ってる子、かわいい子がいいですね。男の子だったら『嵐』みたいな」

はないんだけど、受験に合格しましたとか、彼氏ができましたとか、そういうのを聞くとやっぱりうれしいですね」

「3代そろったときがうれしいんですよ。最初娘さんが来てくれて、娘さんの紹介でお母さんが来てくれるようになって。そのうちに、娘さんにお子さんが生まれて、子どもを連れて来るようになって。その子の髪を切っているときに、ママがこうやって押さえて、おばあちゃんがその様子を写真に撮ったりしてる。その様子がすごく好きなんです」

現在、全国に美容室は約24万7千店。約5万5千店のコンビニより断然多い。

「ここ何年か、人材難ですね。美容学生が減っているのと、美容学校＝美容師じゃなくなってきてるんです。『まつエク（まつげエクステンション）やりたい』とか『ネイリストになりたい』っていう子が増えてきたって、美容学校の先生が言ってました。まつエクも美容師の国家試験が必要なんです。うちもまつエクはやってるんですけど、二刀流なんですよ。スタイリストになった子で『まつエクもやってみたい』っていう子が覚える感じ。だからまつエクのお客さんが減っても、美容ができるから大丈夫なんですけど……」

「独立したり、店を移ったりする人も多い中で、僕はずっとここです。ここが好きなんだと思う。みんなのことが。自分の後輩で『美容嫌いです』みたいな前向きじゃない辞め方をされた経験はないです。もし今後あったら、立ち直れないかもしれない。よく『人・モノ・カネ』って言うじゃないですか。何を大事にするか。僕は人にしか興味ない。これからどんな波が来ても、人がいればなんでもできると思っています」

（文：長瀬千雅、撮影：塩田亮吾）

3・11以降のプレッシャーは大きかった。「絆」を強く求められて

東京・神保町

ラジオドラマ脚本家　北阪昌人さん（56）

北阪昌人さんは、13年続く人気ラジオドラマ「NISSANあ、安部礼司～BEYOND THE AVERAGE～」（TOKYO FM系列全国38局ネット）の脚本家だ。東京・神保町を舞台にごく普通のサラリーマンの日常をコミカルに描く。

「リスナーから、『小学生のころ父親の車の後ろで

ラジオドラマの裾野を広げたいと、積極的に学生と会う

番組を聴いていたけれど、大人になって自分のスマホで聴いています』って言われて。うれしかったですね。番組の企画や講義なんかで大学生に会う機会も多いんですけど、『ラジオを絵に描いてください』って言うと、スマホを描くんですよ。今は『ラジオ＝スマホ』。行き帰りの通勤電車でラジオドラマを一本ずつ聴く人もいる。良いものを書けば、ちゃんと届く時代になりました」

「オンエア中に気になってツイッターを見るんですけど、『茶番だ』とか『脚本家のマンネリズムに飽き飽きした』なんて書いてあると、ギャフン、みたいな。歌手が歌っている最中に『ヘタクソ！』ってヤジ飛ばされるみたいなもんですよ。一緒に何かを楽しむライブ感を味わっていると思っていたら、違う人もいる。まぁ、当たり前なんですけどね。メールやハガキで放送後に来るのと違って、リアルタイムに視覚化されると、結構しんどいんですよ」

5年前まで、北阪さん自身も神保町でサラリーマンだった。二足のわらじで脚本を書き続けた。

「営業の仕事をしていたから、会食なんかで帰宅するのも1時とか。そこから朝まで書くという生活。通勤の1時間が惜しかったから、僕、満員の地下鉄で、左手でパソコンを抱えて。バッテリーが長く持つ重たいやつね。で、右手の人さし指で文字を打って。周りの反応？ にらまれたり、舌打ちされたり。まぁ、そうですよね。それでもたった1行でも書けたら前には進む。（イヤホンでよく聴いた）ミスチルが外界の音を消してくれたなぁ。桜井さんの声がなかったら、あんな場所で集中できなかったと思います」

「脚本家の仕事が嫌になったこと？ うーん……。ありがたいことに一度もないですね。今も脚本を書かない日はないし、寝る時間も相変わらずあまりなくて。僕は忙し過ぎて、ぼーっとする時間もなくずっと走ってきたんです。ドタキャンして人に嫌な思いをさせて、友情も失っていると思います。登場人物に感情移入していろんな人生を追体験しているけど、僕自身の人生は失っているんじゃないかと。最近、（平成の）30年振り返ったとき、それがすごく怖くて。僕の本当の人生っていったい何なのか。それをラジオドラマで描けたら、この30年の意味に決着がつくのかもしれない」

1997年の春、かつて一緒に働いていた女性の母親から突然会社に電話があった。元同僚が自殺し、北阪さんに手紙を残しているという。昔、彼女が公衆電話から恋人に電話をしていたとき、北阪さんが100円玉をあげたことがある。その感謝が短く綴られていた。

「（元同僚の自宅に出向いたときは）亡くなってから2、3カ月経っていたんですけど、畳の部屋に菊とお線香の匂いがしていて。彼女は（会社を辞めて）カメラマン（になった）。ニューヨークのハーレムで撮った黒人や地下鉄で演奏するミュージシャンの写真なんかが飾ってあって。彼女自身の写真はモノクロで、笑ってなくて、じっとこっちを見てる感じ。顔の左半分が影になっている、すごいかっこいい写真で。その

登場人物のイメージ像は十人十色。それがラジオの面白さだという

ときに僕が仏壇に向かいながら考えたのは、ドラマの構成だったんです。ファーストシーンは電話かな？ 仏壇の前かな？ とか。そのときに、人でなし、人間として完全に終わってるな、って思って。そこまでしてネタを集めて書かなきゃいけないものかと。ショックで、長いこと何も書けなくなりましたね」

「でもやっぱり何かを書きたい。それで、やっと1年かけてたどり着けたことは、経験とか体験をそのまま書くんじゃなくて、自分でちゃんと一回咀嚼《そしゃく》して、自分の血とか肉にちゃんとなって、全然違うものとして出せば、それは結果的にその体験とか経験を書いたことになるんじゃないかって。彼女はとにかく優しいヤツで、困っている人を見ると、放っておけない人。社会とうまく相容れないとか、弾き飛ばされた人とかに、何かしたいと一生懸命だった。カメラを向けるとそういう人たちが笑顔になる、と。そういった彼女の『思い』を自分なりに理解して、全く別の題材で描いたのが『水の行方』という作品。初めて大きな賞をとりました。『死』が切実なものになっていないと、心に届くタネ（種）ではなく、ネタになってしまうんです。フィクションとして書けるようになるには、切実なもの、痛みが共感できるものになる必要があって。とはいっても、自分自身のことではないから本当の意味で100パーセント共感できるはずはないんですけど」

ラジオの世界に入って28年。一番大きな変化を感じたのは2011年だった。

「やはり3・11の後、大きく変わりましたね。『絆』や『心』を描いてほしいというラジオドラマの企画が多くなって。世の中がそういう空気に包まれていました。でもリアルにつらい体験をした人に、いったいどんなフィクションが必要か。伝えることの恐怖というか、自分が何を提示できるのか、ってものすごいプレッシャーで。震災を題材にしたものを書けるようになるまで、何年もかかりました。最初はドキュメンタリーをやった。フィクションを持ち込む違和感がずっとあって。東北の人が聴いて成立するものじゃないと世に出しちゃいけないっていう気負いがあったんです」

北阪さんは、毎年、東北に足を運び取材を続けた。被災者の多くは身近な人を亡くしており、皆、口々に「あの時、そっちに行くなって言っていれば」「もっと早くに迎えに行っていれば」と自分を責めていた。そうした声を拾い集めるなかで、北阪さんはフィクションの役割に気づいたという。

「『亡くなった娘さんはお母さんを責めてないですよ』といったメッセージを伝えられるのは唯一フィクションなんじゃないか、って。それで、ようやく書けたのが『ライターのつぶやき』という作品。2016年ですね。宮城県の女川で新聞販売店を営む男性が主人公の話です。津波で娘を失った母の前に、幽霊となって娘が現れて、『自分を責めないで。お母さんは悪くないよ』というメッセージを主人公を通して伝える、という。宮城の方から『ドラマを聴いて大泣きした。みんなそういう言葉をかけてほしいと思っていた』と。反響は大きかったですね」

「今の時代は情報がすごい勢いで入ってくるので、みんな、ただそれを処理していくことに精いっぱい。一つひとつの出来事に対して心の行方を探っている暇がないな、って感じますね。そういうところにラジオというメディアの必要性があるのかな。大切な文化として残っていってほしいから、自分が悩みぬいて行き着いたことを次世代に上手く伝えていけたらいいですね。脚本家の養成に力を入れているのもそういう思いから。何度も壁にぶつかってきたけど、この世界から離れられない。やっぱり僕はラジオが大好きなんです」

（文・撮影：伊澤 理江）

自然は絶対逆らえない上司。サバンナで生活しているトラ、みたいな感じです

農家 柴海裕也さん（32）
千葉県印西市

「平成」とともに育った柴海裕也さんは、400年続く農家の16代目だ。有機栽培した旬の野菜を百貨店の伊勢丹やオーガニックスーパー、飲食店などに卸している。

「昔はコメを作ったりとか、あとは蚕《かいこ》とか。祖父は落花生だとか、ショウガだとか。両親は（ハウス栽培の）トマトをやっていて、私は有機農業をしている、と。それぞれの代が、それぞれ好きなことをやっています」

「（慣行栽培と有機栽培は）考え方が根本的に違うんですよね。ダメなものを排除する、というのが慣行栽培、農薬を使用する栽培。有機（栽培）は、今あるものを生かして、どういうふうにバランスを整えていくか、という考え方。例えば、悪い菌がいたとしても、それが増えないような環境をつくってあげたり、天敵の微生物を増やしてあげられる堆肥をまいたりだとか。自然の摂理に則った対処をしていく、というのがすごくやりがいがあって。技術的に難しいんですけれども、やればやるほど深みにはまっていくというか」

「自分が生まれたころに、バブルが崩壊したのかな。それまでは何を作っても売れる時代だったんですよ。農家の年配の方が、前は良かったよ、と。『作れば売れるし、いくら作っても足んないぐらいだった』と。でも、自分が生まれたころから、どんどんどんどん売れない時代になって。中学生ぐらいのころですかね。（両親が）徐々に（販路を）直売所に切り替えたんですよ」

「自分は、自分の親が（農家として）何をしていたか分からなかったんですよ。トマトを作って、市場に持っていく。でも、誰に売っているのか、どういう値段がつくのか、最終的に誰がどういうふうに食べてくれているのか、全然分からずにいた。直売に切り替えてから、目の前のお客さんから喜んでもらえるという風景を見られて、子どもながらにすごく（農業が）面白そうだと思ったんですよね」

東京農業大短大部を卒業後、飲食店で修業を積む。そして2009年、夫婦ふたりで約0・3ヘクタールから畑を始めた。

「大学時代に栽培を勉強して、じゃあどういうふうにこれを売っていったらいいのかな、と。それで、都内の飲食店で3年間働いて。そこは契約農家から野菜を直接仕入れて、そのままカットしてサラダにしたり、料理にしたり、袋詰めにして売ったりだとか。要は農家が出荷した後の工程を全てやっていたので、すごく勉強になるなと思って働きました」

「（農業を始めたのは）23（歳のとき）ですね。家に戻って。妻とも大学時代から知り合っていて。妻は（卒業後）すぐに農業をやりたかったんですよ。だから自分が（飲食店で）働いているときにも、柴海家に来て田植えとかやってたんですよ、一人で。なので、引っ張られたような感じなんですけれど、戻ってきて農業を始めた、と」

「スタートの段階ではいろんな野菜を作りたかった。そのためには、野菜セット（を売ること）が一番合理的だったんです。季節のものを組み合わせて一つの商品ができるので、いろんな野菜を作ってる農家が強いんですよね。初めは、それを印西の方たちに配達して、少し広げてから、今度は飲食店の方たちに営業したりして」

「私たちは有機農業で『第3世代』と呼ばれているんです。第1世代の方が学生運動の世代なんですよね。で、2世代目と呼ばれているのが、いま40～50ぐらいの方たちで、わたしたちが30前後の第3世代と呼ばれているんです。第1世代は有機農業の定型を広めたんですよね。消費者と一緒になって消費者運動を起こして、『ちゃんとした野菜を作るから、ちゃんと買ってよ』と。第2世代が例えば生協に売るだとか、それをさらに一般化した世代」

「じゃあ第3世代は何をやるんだ？　って。別にそれを意識していたわけではないんですけれども、（飲食店勤務時代に）いろんな農家さんと会ったときに、すごく自由にやってる方が多かったんですよ。型に縛られないで。じゃあ自分も自分のやり方で、今ある環境を活かして、自由にやろうかな、と。もちろんちゃんと売上を立てていかなくちゃいけないんですけれど。そういった思いがあって、やっているというんですかね」

柴海農園では、約50品目、150種類の野菜を栽培している。畑はこの10年で約27倍に広がった。だが、自然はいつも厳しいという。

「軌道に乗るって農業の場合、難しいですよね。常に気を抜けない。この成功がまた来年も続くとは限らないみたいな緊張感ですね。なかなか……サバンナで生活しているトラ、みたいな感じですよね。獲物をとって、今はおなかいっぱいだけど、いつ（ハンターに）やられるか分からないみたいな。自然ってそういうものだと思うんです。逆らえない。初めはたいしたことないと思ってたんですけど、やればやるほど思いますねえ。毎年何かしら、自然界はアクションを起こしてくれるので。（2018

年10月の）台風24号も相当風が吹きましたし。（たとえて言うなら）なかなか厳しい上司だと思いますね。常に災難を降りかけてくれる」

「もちろん、すごく豊かだなと思うこともあって。すごくおいしくできたキャベツと、めちゃくちゃ甘いニンジンと、ちょっと珍しい緑のカリフラワーを昨日、ポトフにしたんです。めちゃくちゃおいしくって。子どももいっぱい食べてくれたんですよ。『このポトフ、日本で今、俺だけしか食べてないな』みたいな」

農園では多品目、多種類の野菜が栽培されている

「初めの3年ぐらいは妻と私だけでやってまして。それから妻の出産があったので、少しずつアルバイトを入れて。私が畑を見て、妻が加工品を見て、いま社員が5名、

パート、アルバイトが13名ほど。農業だからと（事業を）適当にはやりたくなかった。まだまだ少ないお給料しか払えていないんですけど、最低限の福利厚生だとか、社会保険はあって、ちゃんと有給も出て、土日も休む、みたいな。ふつうの会社に近づけてはいます。いまは、ですけどね。週2日は休める会社にしたいな、という思いはあって。自分が非農家で、農業で働きたいと思ったら、どういうところで働きたいかと。やっぱりある程度最低限のところは守ってくれるところじゃないと、と思いますから」

「自分の周りには小さいころ、兼業農家はいたんですけれども、農業を生業《なりわい》としてやっている人はあまり多くなかった。農業って、ただでさえ、難しいって言われてるので、『（このままでは新しい人が）入ってこないよね』って思いはあって。リスクをいきなり取らずに、5年から10年ぐらい修業を積んで独立するような、ステップを踏んでいける仕組みをつくれば、農業にチャレンジしたいという人が（ちゃんと）できるようになると思う。そんな仕組みをつくりたいなって思いますね」

「自分のイメージでは『昭和』って、前半は大変な時代だったと思うんですけれど、後半は結構いい時代だったんじゃないかな、と。でも、だんだん撤退戦を余儀なくされて……。そういう時代を見てきたからこそ、自分たちは新しいモデルを考えなくちゃいけない。私の周りでもそう思ってる人がすごくいて。新しいことの種をまいてきたのが、『平成』なのかなと。だから次の時代にはちゃんと収穫したいという思いがありますね。ちゃんと実を結んで結果を残したいなって」

（文：末澤寧史、撮影：江平龍宣）

日本になかったレゲエ。一曲一曲が発明品みたいな感覚でした

DOZAN11（元・三木道三）さん

「一生一緒にいてくれや／みてくれや才能も全部含めて」。ウェディングソングとしても流行したこの曲を覚えている人も多いはずだ。平成13年（2001年）に発売され、日本のレゲエで初のオリコン週間ランキング1位のヒットを記録した「Lifetime Respect」。その曲を歌った三木道三さんは2002年に引退し、表舞台から姿を消していた。その間は音楽プロデューサーとして活動し、2014年に「DOZAN11」（ドーザンイレブン）の名前で活動を再開。最近は、誰でも写真

から音楽が作れるアプリ開発を手掛けるなど、活躍はマルチに広がる。平成の30年で様変わりした音楽業界。平成元年にレゲエと出会った男の軌跡とは。

代表曲「Lifetime Respect」は平成の半ば、累計90万枚を超えるセールスを記録した。

「たまたま（発売が）5月末だったんで、ジューンブライドにも引っ掛かったのかもしれないですね。リクエストがリクエストを呼んで、ぶわーって広がっていった。（楽曲の）プロモーションビデオが日本でもどんどん見られるようになってて、（衛星放送やCATVで放送されていた）スペースシャワーTVが月間の特集で取り上げてくれたんですよ。だからあのお風呂に入っている（プロモーション）映像を、みんないまだに覚えているかもね。その前か、後の特集でヒットしたのは、（大阪を拠点にした音楽ユニット）EGO-WRAPPIN'の曲でしたね。そういう時代です」

「『テレビに出なくなった』とか言われますけど、（当時）テレビ局に行ったのは3、4回くらいしかなくて。『笑っていいとも！』と、『ミュージックステーション』と、『COUNT DOWN TV』と『流派-R』だったかな。あとは、中継で。そんな

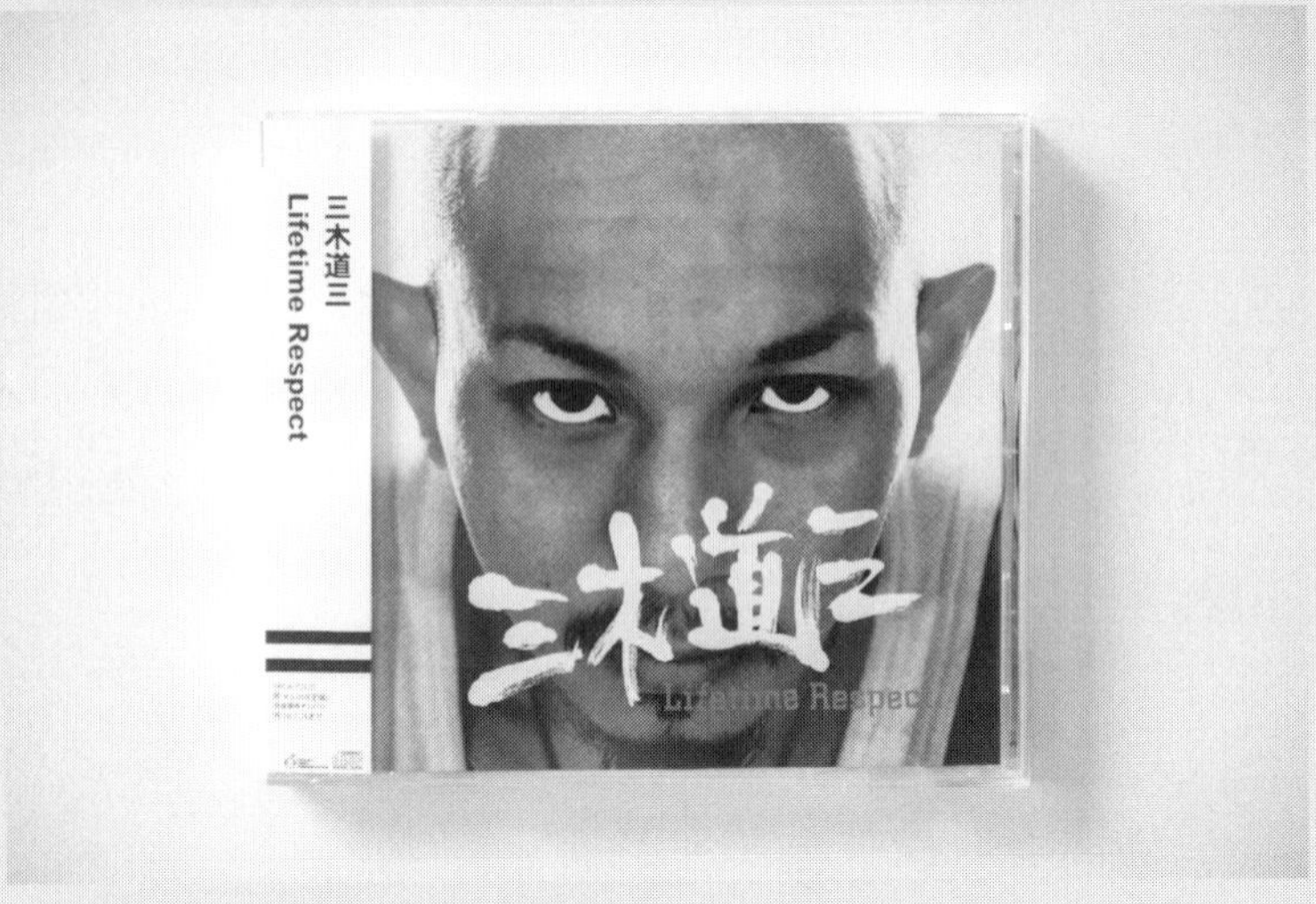

2001年に発売されたアルバム『Lifetime Respect』

もんなんですよね。バラエティはほぼ出てないです」

「『ミュージックステーション』に出たのが金曜日で、月曜日のバックオーダー（入荷待ち）が8万枚来たって言ってましたね、ははははははは……。数字って迫力ありますよね」

少年時代から音楽に囲まれていた。

「子どものときから、自転車に乗っていたらどんどんメロディが湧いてきた。母親がピアノの先生だったから、（10代のころ）母のレコード棚からクラシックのレコードを取り出して、父親の歴史小説とか、本棚の本に合う音楽のマッチングをずっとしてたんです。（音楽教育はほぼ受けててはいないが）自分の中でメロディと、場の雰囲気とかに合う音楽の感覚が育ったというか。最初に好きになったのはクラシックなんです。荘厳なものが好きなんですよ」

「（平成初期に流行していた）米米クラブもCHAGE&ASKAも好きでしたよ。カラオケパブに行ったら歌ってました。ただ、（音楽以上に）影響を受けたのは、司馬遼太郎とか、孔子なんですよ。小学校、中学校で論語とか読んでましたから、若年寄ですね」

レゲエとの出会いは、平成元年（1989年）だったという。

「友人の車で聴いたと思います。ミックステープだったんじゃないですかね。ジャマイカのレゲエ。で、ちょっと時間差があって日本人のレゲエも聴いて。作品を聴いたり、ショーを見て、これは自分にもできると分かったから、すぐ歌をつくりだして」

「ジャマイカのレゲエには、下ネタや暴力的な歌詞でも自分や自分たちを誇りまくるダンスホールレゲエと、シンプルなラブソングから神への敬虔な気持ちまで歌う歌モ

ターンテーブル。最近は使用することがなくなり、ほこりをかぶっていた

ノがあって、両方に威厳を感じた。音楽も革新的で、かっこよかったんです。で、機会をつかまえて、ジャマイカへ行って」

「(ジャマイカではレゲエが)街中で、めちゃくちゃ爆音で鳴ってますね。手作りのスピーカーで。(滞在先に)行きしなのタクシーで、『後ろに荷物載せたい』って言ったら、『いっぱいだ』って運転手に言われて。(運転手が)バンとトランクを開けたら、ボンとデカいスピーカーですよ。車がスピーカーみたいなもんです。レゲエ、ガンガンかけながら(運転する)。本場に来たーーって感じがしましたね。街全体がそんな感じですよ。街中とか、広場とかで、ターンテーブルでレコードをプレイしている」

「そのスタイルがニューヨークに渡って、ヒップホップができている。移動式ディスコですよ。レコード売りがレコードを鳴らしながら、移動しながらやっていて、その曲の（レコードの）裏面が（その曲の）カラオケなんですよ。それをひっくり返して、『この曲やばいで〜、シブいで〜』とか、語りながら行商をするわけです。それがＤＪみたいな感じでしょ？　だからレゲエの歌い手は『Ｄｅｅｊａｙ』って言うんですよ。レコード回す人はセレクター」

「死」と直面した経験が、レゲエの道を選んだ背景にある。「満身創痍」でジャマイカへ向かった。

「アメリカ留学中（の１９９４年）にＬＡからラスベガスに行こう、と。そこで交通事故に遭ったんです。歯は３本なくなったし、（ひざの）皿は割れているし、つま先は複雑骨折しているし、肩は打撲で動けないし。満身創痍ですよ。手術待ちの期間に、友だちが自殺したっていう話も聞いて……。僕もボロボロだったから、しばらく知らされなくて。飯を食いに松葉杖で行くんですけど、泣けてくるわけですよ。でも、松葉杖やから目もふけないし」

「ＬＡで養生していて、友だちが部屋から呼ぶんです。『（英語で）こっち来て、テレビ見てみろ。日本がえらいことになっているぞ！　街じゅう火の海や！』って。映画でもやっているんだろうと見に行ったら、街がばーっと焼けていて、（１９９５年の阪神・淡路大震災には）面食らいましたよ。実家、関西だから」

「そのあと（満身創痍のまま米国から）ジャマイカに行ったんですよ。そこで出会った現地の日本人プロデューサーさんが、僕のデモテープを聞いてくれて一緒にやろうと誘われた。で、日本に帰ってきたら、すぐオウム真理教による地下鉄サリン事件。『これはのんびりしてられない』と思って、１年後にまたジャマイカに行って、レコーディングをして、レコードデビュー」

当時はメジャーシーンでなくても、レゲエやヒップホップなど多様な音楽を支えるカルチャーが息づいていた。

「僕が（ライブを）やりはじめたのは、バーとかクラブなんです。暗かったですね

三木道三時代に作ったミックステープとそのCD版

……。というのは、（それ以前、全盛だった）ディスコはギラギラしてたわけですよ。ビュッフェとかでご飯が置いてあったり、チャラいＭＣが入ったりして。それに対してクラブは暗かったけど、カッコよかった」

「最初に僕が認知してもらったのは、レゲエの7インチ（レコード）で。次はミックステープなんです。ミックステープの販売網は、レコード屋さんとか、服屋さん。当時は、そこが情報発信地だったんですよね。そこに卸していくディストリビューターもあって。なので、『テレビに出ている＝ちゃんとした活動になっている』というシーンではなかったですね」

「ミックステープは、ＣＤより作るのが簡単だったわけです。僕の場合はパートナーがほとんどやってくれましたけどね。自分たちで作ってるから、利益はかなり高いですよね。これでできた実績とお金でCD版を制作したり。そうやって、レゲエとかヒップホップとかは成立してたんです。専門誌もけっこうあった。地方で活躍している人を雑誌が取り上げて全国区になる。で、仙台から九州の人を呼ぶとか、名古屋の人が北海道に呼ばれるとか。（Ｄｅｅｊａｙやセレクターが）地元に住んだまま（活動を行う）、というのが成立していたんです」

やがて音楽業界は「激変」していく。ネット時代になると、「激変」は「崩壊」につながっていった、と振り返る。

「（90年代後半は）メガストアがダーッと出てきてた時代ですよね。タワレコ（タワーレコード）ができて、ＨＭＶができて、ヴァージンも。（最初のＣＤの宣伝のために）紙袋を持って、関東、東海、関西のメガストア、全部１人で回りましたよ。で、自分のポラロイド写真を撮って置いてきました。だから『Lifetime Respect』がドーンといったとき、メガストアの売り場の人たちはけっこう僕を知ってたんですよ」

90年代のレゲエとヒップホップの雑誌

「（２０００年前後からの）インターネットの普及とデジタル化は、音楽業界激変のターニングポイントでしたよね。部分的には『消滅』とか『崩壊』。いま、新聞が滅ぶとか嘆いているじゃないですか。実はこの活字文化への影響が音楽業界にもすごく関わっていて。というのは、この手の（専門）雑誌が滅んだんですよ。だから、皮肉なんですけど、今また腐ってもテレビになっているんですよ、全国区になる装置が。Ｔｗｉｔｔｅｒとかインスタとかありますけど、全国区のお墨付きを得るキュレーションの役割はあまり果たしていないんですよね」

レゲエにのめり込む背景には「欧米」、とくに「アメリカ」への反発があった。裏を返せば、日本と日本語へのこだわりだ。

「ぼく、デビュー曲が『JAPAN一番』という曲なんです。1番の出だしが……」

日本のコマーシャル
そしてファッション雑誌
外人ばっかりでたらおかしい
俺らの肌の色、姿形
どうみても美しい
あこがれつづけてきたハリウッドの映画
もうマネばっかりせんでもええわ

「……（第2次世界大戦中の）父親の疎開とか、住んでいた街が焼かれたという話とか、父方にも母方にもあって。おじいちゃんとか、（空襲で）吹っ飛ばされて、死体置き場に置かれたとか言ってましたから、（アメリカに対しては）チクショウっていうのがやっぱりあって。なので、ジャマイカの音楽は、欧米じゃないのがよかったんですよ、ぼくにとって」

「昔、ラジオで『ディス・ウイーク・ナンバー〜〜』とかやってるわけですよ。ドーザン少年、まだ英語が分かんないから、『は？』ってなるじゃないですか。MCが英語でしゃべっている。誰にしゃべっているの？　占領地かよ？　っていう反感があったんです。嬉々として歌詞に英語を混ぜたり、日本語の発音を英語っぽくしてるのが、媚びているようで」

「日本の歌謡曲の欧米かぶれっていうのが、愉快ではなかったんです。世界で日本語しゃべるの、日本だけじゃないですか。われわれが唯一の担い手なのに、われわれが放棄したら、日本語どうなるの、って。そのときはね。今はまた気持ちも変わってますけど。感動って、言葉からくるもの多いじゃないですか。けど、例えば、『Hold me 抱きしめて』一緒やないかい！　みたいな。ぼく的には、（それに対する）いたずら心で、『Lifetime』では、『赤ちゃん Baby』なんて（歌詞を敢えて）言ってるんですよ。そういういたずらをあっちこっちに入れるんです」

「他には、（『Lifetime Respect』で）『愛のある（セックス）』って歌詞もあって、

『セックス』とか（歌詞で）言っても、『愛のある』とついた瞬間に全国に流せる、とかね。ふざけたり下品に使っちゃ放送できないかもしれない単語でも、ちゃんと意味と心を込めたら受け入れられる例にできた。『子供のときは（この歌詞を聴いて）恥ずかしかったけど、大人になったら沁みるようになった』って声も聞きました」

2002年、突然引退した。背景には「時代の出来事」もあったという。

「（2001年）9月11日の同時多発テロは衝撃でした。今までの価値観……なんとなく、アメリカに楯突いときゃかっこつくみたいな。そういう時代がビルとともに崩れ落ちたみたいな。すごい衝撃を受けて」

「それに2000年代以降のレゲエは、（ジャマイカで）自分が衝撃を受けたような、イノベーティブな側面がどんどんなくなっていって。自分的にも、提示したい発明作業はある程度やったな、と。日本になかったものをクリエイトしなくちゃいけなかったから。どうやって韻を踏んでとか。その前には（日本語のレゲエのお手本が）あまり存在しなかったんですよ。『レゲエと思える音楽にどうしたらなるんだ？』って。

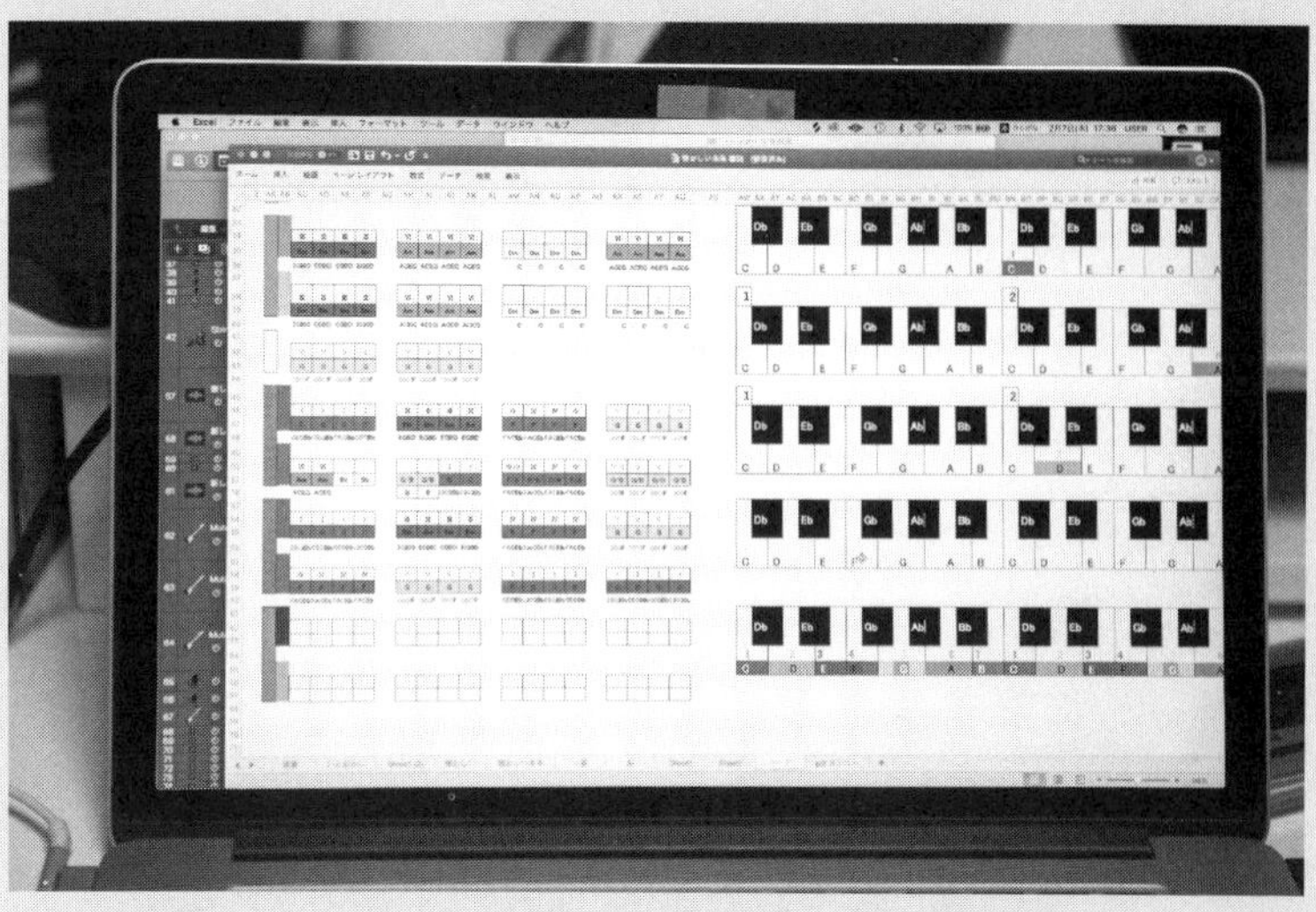

Excelで作ったコード表

一曲一曲、発明品をつくっている感覚に近いかもしれないです」

「さらに（事故の後遺症による）体のメンテをしたいってのもあって、全国ツアーをしたあと（活動を）ストップした。（2014年に）またやり出したときには、またイチからスタートとか言わずに、いっぺん10までいったから、『今度は11からだ』っていうのもあって、（DOZAN）11と付けましたけど」

2018年、DOZAN11さんは色彩研究家の弟らと写真の色を自動的に読み込み、その色の明るさなどからオリジナル曲を作成できるソフトウェアを発表した。この春にはスマホアプリ版の「mupic（ミューピック）」もリリースしている。

「引退して、（ミュージシャンの）サポートサイドになったから（音楽理論を）勉強したわけですよ。Ｅｘｃｅｌで表を作ったり。コードと構成音の表とかをね。これ、数年かかりましたよ。家族にも教師が多いし、教えるのも、教わるのも習性としてあって。自分（の専門）は音楽だし、引退からのリハビリの一環としてソフトウェアの開発を始めた。これは、ぼくが苦労した音楽知識の基礎を簡単に分かってもらおうっていうアプリでもあります」

「このアプリも一種のＡＩやから気にかけてると、ＡＩの話とかがどんどん目に入ってくる。もともと歴史が好きだけど、これ未来はどうなるの？　って考えた。千年後、万年後の人に何が残るのかな、とか……」

「アナログからデジタルの時代になって。（ＣＤ）アルバムなんか３０００円の福袋（のような楽しみ）やったのに、そういうビジネスモデルも終わって、（音楽業界は）次の行き先を探している。これからやっぱり、何でもＡＩがしだすから、人間としては何すんの？　っていう時代やね」

DOZAN11さんらが開発したスマホアプリのテスト版の画面

最新曲のタイトルは「新しい未来」。不安も多い未来を明るく歌う。

「テクノロジーの進化っていうのは、指数関数的って言われるけど、（平成の30年は）その角度がきつくなってきたなぁっていう感じ。テクノロジーが進んで、ｉＰｈｏｎｅが出てきて、どんだけ職業が滅んだか。テクノロジーの進化がうれしくなくもなってきてるよね。そういう時代。個人的には平成元年にレゲエに出会って、ジャマイカの発明を日本なりに応用した発明品を世に問い、提示しよう、と前半は頑張って。引退して。そのあとは、思索を重ね試行錯誤してた、っていう感じかな……」

好きなレゲエの曲を歌うDOZAN11さん

「映画とかってさ、未来はディストピアが多いじゃん？　ストーリーをピンチから始めたいから。（音楽は）そんなディストピアを描く必要はない。社会の変化はこれからも指数関数グラフの角度がきつくなってくると思うけど、それを見越して、幸せを目指して、楽しみながらそれを迎えていきたいですね、っていうのが望み。そして、そのためのメッセージと（誰かの人生の）BGMを作っている、という感じですかね」

「昨日、録った歌、聞いてみます？　まだエンジニアリングしてないから、雑やけど、（このテーマと）つながっていると思う――」

夢見せてよ人工知能
金持ちにも貧乏人にも

進化したDNAで
健康長寿がいいですね〜……

もっと行けるさ
きっと見れるさ
全人類の幸せ
新しい未来に今、期待抱いて
一緒に扉開いて　歩いて行きたいね……

（文：末澤寧史、撮影：片岡杏子）

DOZAN11（ドーザンイレブン）
1996年、三木道三としてデビュー。2001年、『Lifetime Respect』（徳間ジャパン・コミュニケーションズ）が、日本のレゲエで初のオリコン週間ランキング1位を記録する。2002年、47都道府県ツアーの後、活動休止。活動休止中は、他のミュージシャンの作詞、作曲、プロデュースを手掛ける。「DOZAN11」の名で、2014年に活動を再開し、アルバム『Japan be Irie !!』（ユニバーサル・ミュージック・ジャパン）をリリース。

第2章

大都会の雑踏で

「前はね、3人くらいで並んでしゃべっている女の人もいたけど、もうね、じっとしてる人を見なくなった。ゆったりしてるところがないの」。東京・新橋の駅頭で靴磨きを続ける87歳の女性は、そう語る。

大都会の雑踏で足元から「平成の30年」を見守った人たちは、いま、何を思っているのだろう。

茅場町で金融・証券の栄枯盛衰を目の当たりにしてきた立ち飲み居酒屋の女将。銀座の象徴「和光」でウィンドウディスプレイを手掛けるデザイナー。渋谷の老舗喫茶店でコーヒーを入れ続ける男性。そして、親子2代で帝国ホテルの玄関に立つドアマン。

取材に出向いた「平成」最後の年の瀬。大都会を支え続けた人々が語ったものは――。

どんなに古くても磨けばきれいになる

靴磨き　中村幸子さん（87）

東京・新橋

かつて都内には、路上で靴磨きをする人が多くいた。平成に入ってその数は減り続け、今ではほとんど見掛けない。中村さんは47年間も新橋駅前に座り、靴を磨いてきた。

「朝はね、9時半くらいからよ。午前中はパーッとお客来るんです。1日そうね、30人くらいは来るね。なんだかんだで夜までね。新橋でご飯食べて、家着くともう9時半か10時ごろになっちゃう。

大勢のサラリーマンが急ぎ足で通り過ぎていく

寝るのは、いつも11時過ぎだもん。マッコ見て寝るの。テレビでやってるでしょ？　何番だったかな。あれ面白いわね」

「人の流れが速いわねぇ。みんな、足が速くなったわね。ゆっくりする暇がないんだか、ちゃっちゃっちゃっちゃ通りますよ。前はね、この辺で、３人くらいで並んでしゃべっている女の人もいたけど、もうね、じっとしてる人を見なくなった。ゆったりしてるところがないの。みんな大変だよね。家のローンも、携帯代も払わなきゃなんない。世の中ものが豊富にあり過ぎるのよね。みんなが買えば真似して欲しがるし。お金かかるから、一生懸命働かなきゃね。一生懸命だから足も速くなるのかね」

「今はみんないい靴履いてるわね。イタリーとかスペインの靴とかね。きれいよ。昔は違うの。汚れてるから来るの。悪い靴でも磨いたんだけど、今はいい靴ばっかり。いい靴履いてるけど、もっとよく見せたいっていう人が多いのね」

「女性のお客、増えたわね、最近。10年くらい前から。でもひとりもんが多いの。30でも40でも結婚したことないって言う人が多いわね。なんでかしらね。今、男の人はね、『奥さんが（靴）磨いてくれない』って。『外で磨いてらっしゃい』って言われるんだって。磨いてくれる奥さんもいるみたいね。でも『きれいに磨かないんだよ』って言うから、『それ言っちゃダメよ』って。奥さんがっかりして磨かなくなるから。『きれいになった』って言っときなさい、って言うの」

生まれは静岡の浜松。東京へ出てきたのは20歳になる前だった。

「憧れたのね。父がよく東京の話を聞かせてくれたから。どうしても東京を見たくて、家出したの。夜汽車に乗ってね。でも東京駅でお金取られちゃって。上野のおでんの屋台行って、『お金ないから働かせてくれる？』って。子供5人育てたのよ。主人は病気で働けなかったもんだから、『私が働こう』って。若いときは行商やったり、リアカー引いて果物売ったりね。靴磨き始めたのは40のとき。生活のため、子供のため、とにかく日銭が欲しくて、今日まで無我夢中で働いてきたからね。私タバコもお酒もやらないから、ただ働くだけ。だから東京出て60年以上経つけど、東京知らないの。新宿なんか行っても迷子になっちゃう。新橋しか知らない。本当よ」

客から悩みを聞くことも多いという。

「子供ができないだの、借金だらけだのってね。よくね、電車ね、毎日のように人身事故あるでしょ？　暮れになると必ずあるもの。人間ね、やっぱり死んだらいいことないんだからね。『生きてね』って言うの。『コツコツ、一生懸命生きてね』って。私だって苦労したんだよ。今でも苦労だよ、ふふふ。悲しいときもあるし、でもやっぱり強く生きないと。人間は」

「コツコツ働くサラリーマンが一番いいですよ。安定して、ボーナスいくらかもらって。それでいいじゃないの、高望みしないで。お金うんとあったって、あれば使っちゃうでしょ。お金は、無きゃ無いようにやればそれでいいんだから。あっても無くても同じ。他人は良く見えるのよ、他人は。でもみんなそれぞれね、悩みがあるの。考えてみたら若い頃からやり直したいなって思うけど、それはできないからね、人生はね。自分が嫌になっちゃったらだめなの。私はこんなとこ座ってね、みじめだなと思ったけど、今は思ってない」

「靴はね、大事に履きなさいって私言うの。どんなに古くても、磨けばきれいになるから。まだ履けるから。底が大丈夫なうちはね、少し破れたって、磨けばね、元通りに近いようになるんだから」

中村さんの元には、多くの常連が通う。

「サラリーマンの方はね、定年近くなると私んとこ挨拶に来てくれるの。何年か経ってまた来てくれて、『おばさんまだ居たの？　元気？』って。『あらしばらくね』なんて。嬉しいのよ。みんないろいろくれるのよ。お茶とかお菓子とか、寒いときはホッカイロとか。平成は寂しい時代？　私のところはあったかい。あったかいよ、人間って」

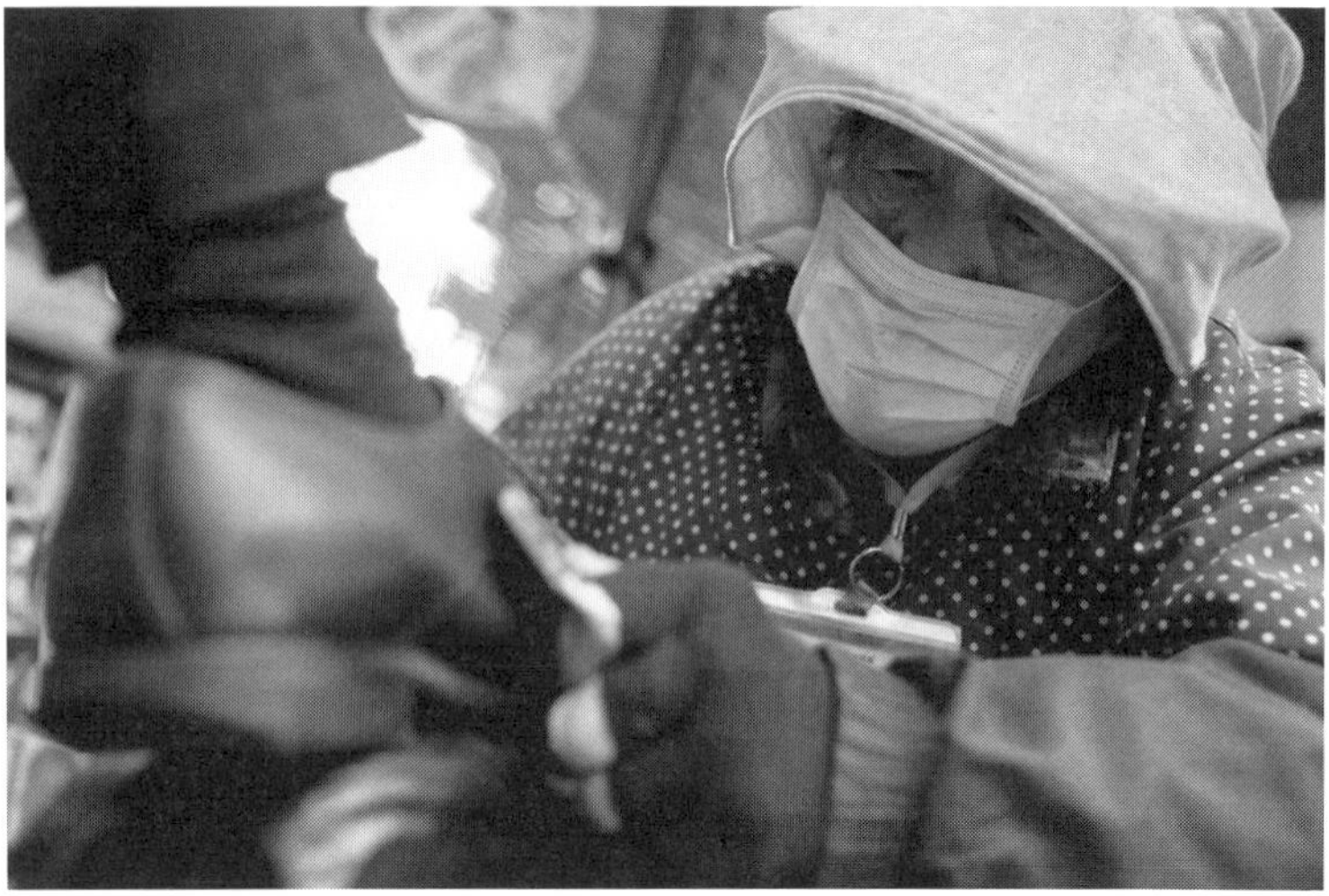

料金は500円、平日は毎日電車に乗って新橋へ

「2011年に大きな地震あったでしょ。仙台から通ってくれてるお客さんいたんですけどね、地震の後来なくなっちゃったから、心配してるの。東京来たときは、必ず私のとこ寄ってくれたのに。どうしてるのかねぇ……」

15年前には直腸ガン、5年前には白内障の手術を受けた。

「3月に自転車に跳ねられて、足悪くなっちゃって。いつもは板の上に座布団敷いて正座してるんですけどね、正座できないの。正座しないと、(靴の)かかと届かないの。治ったらまた正座しなきゃね。家にいたって一円のお金にもならないしね。一円のお金だって、尊いんだから。ここへ来ればお金が入るから。新橋はありがたいところですよ。朝起きられたら『新橋』って。他のこと何も考えない」

「私（靴墨を）手で塗りますからね、手が黒くなるの。黒くなんなきゃ商売になんないでしょ。こんなのね、洗えば落ちるのよ。手の汚れは洗えば落ちるけど、人の心の汚れは落ちないのよ。お客さんがきれいになれば、私は汚れようがなんだっていいのよ。私の名前は幸子。幸せな子。だから、幸せにしたいの。みんなを幸せにして、自分が幸せになる。みんなが幸せにならなかったら、私も幸せになれない。平成終わったって、仕事やりますよ。いつまでって？　死ぬまでよ」

（文・撮影：廣瀬正樹）

みなさん、立派だなって思いますよ。お客さん見てて

「ニューカヤバ銘酒コーナー」服部容子さん（50）

東京・茅場町

金融・証券の街、東京・茅場町。その片隅に立ち飲み居酒屋「ニューカヤバ」はある。創業54年。サントリーのウイスキー「トリス」などの自動販売機は、創業時からのものだ。

「店は家族経営です。昭和39年に父と母が始めて。私が生まれたときからあって、小さい頃はここで遊んだり。母が仕込みしてたのも見てきたし、大きくなってからは店を手伝ったり。以前はアパレルの会社で働いてたんですけど、8年くらい前からカウンター立つようになりました」

「お客さんの8割はサラリーマンですね。茅場町は証券会社が多くて、印刷屋さんとか中小企業も多いので、いろんな人が来ます。バブル弾けたときは、ここ、永代通りって言うんですが、『倒産通り』って言われてた。山一（證券）とかいろんな証券会社が潰れて、大きな会社が引っ越しちゃったり。うちは微々たる商売ですけど、一時期はすごく影響受けてお客さんが減りました。平成4年に父が亡くなって、母も踏ん張ってやってました」

「うちはずっと同じ単価で、平成入ってから値上げもしてない。色々努力して保ってます。うちの店は安くて有名だったけど、世の中安く飲める酒場が増えたんで、あまり安くは感じてもらえなくなってると思いますね。私はここで生まれ育ってきたけど、同級生はバブルのときに家売っちゃったりして、もう茅場町にいないんですよ。ここで生き残ってくのってそう簡単なことじゃなくて、今あるものを続けていくだけでも大変。この周りもチェーン店ばっかりになっちゃって。なので、ここで商売ができる幸せを感じてます」

店内に並ぶウイスキーや焼酎の自動販売機。どれも年代物だ

かつてはビールの大瓶を一人で5、6本飲む客、コップ酒を2、3杯あおってサッと帰る客もいた。

「お酒の量は減ってます。完璧に減ってます。昔のおじさんたち、すごく飲みましたから。健康志向っていうんですか？ 喫煙率もものすごく減りました。今はアイコスとか」

「常連さんもいますけど、団塊の世代が引退して、うちのお客さんも代替わりですね。昔上司に連れられて来ていた人が、年を取って若い人連れて来たり。いい会社かそうじゃないかは、雰囲気で分かります。うちは上司も部下も相席。自分で好きに買って飲む店なので、食べ方や買い方に出るんです。若い子が『嫌だなー』って上司の話聞いてたり、楽しそうにワイワイやってたり。でもうちに来るお客さんって、いいお酒の方が多くて。喧嘩もないし、楽しいお酒が多い。愚痴とか悩みを聞くことはないですね」

先代の母・典子さんは2018年10月に亡くなった。

「胆管がんでした。8月に見つかったときには、もう末期で。私とはけんかばっかでした。名物ババアだったんで、お客さんも心配して、惜しんでいただいて……。オリンピック2回目は見られなかったな。80だったんですけど、（亡くなる少し前まで）自転車で築地に買い物に行ってました。ほんと働き者。築地も移転が決まって、やっぱり時代が動いてるっていうんですかね、それを肌で感じます。引き際がはっきりしてるというか」

「平成は、私が20歳になってからの30年。若いときは適当に働いて給料得て、それで遊んでましたけど、父が亡くなって、相続だなんだで世の中お金がかかるんだなってことも学び。結婚もして、子供も産んで。みんな同じように年取りますね。母もですけど、人間いつかは死んじゃう。やっぱり、みんな今を生きてる。一生懸命やってた

「ここで仕事の話はしない。ルールみたいなもんだね」と常連客

ら、いいことも悪いこともあって。きっとサラリーマンの方は、嫌なこともたくさんしなきゃいけない。大変だろうなって。みなさん、立派だなって思いますよ、お客さん見てて。ここはそういうおじさんたちの遊園地。気軽に食べて飲んで、疲れを落としてもらう場なので、気を遣うことのない空気感を大事にしたいですね。私は母に比べたら根性なしですけど、茅場町に来たらこの店があると思っていただけるように、続けたいです」

（文・撮影：廣瀬正樹）

ディスプレイを見せたい人の幅が広がった

東京・銀座

「和光」のアートディレクター　武蔵淳さん（51）

時計や宝飾品などの専門店「和光」の大型ウィンドウは、時計塔とともに銀座のシンボルだ。和光社員でアートディレクターの武蔵淳さんは、平成2（1990）年の入社以来、「銀座を訪れるすべての人々をもてなす」という心意気で、そのディスプレイに携わっている。

「気に入ってる作品？　一つ挙げるのは難しいですけど、最近、話題になったのは平成28（2016）

年のクリスマスのディスプレイです。ウィンドウいっぱいのシロクマとその子供が眠ってる。街を歩く人がウィンドウに設置されたボタンを押すとシロクマが一瞬、目を覚ます。けれど、またすぐ眠ってしまう。こんな仕掛けです。子供たちがはしゃいだり、たくさんの人がSNSに投稿してくれたり。『あそこまで大勢の人がウィンドウ前に並んでるのは見たことがない』と社内でも言われて。達成感はありましたね」

インタラクティブなディスプレイが増えた。

「銀座には、学生時代は（文房具専門店の）伊東屋しか用がなかったです。喫茶店も値段見て、入れないなって。就職してからも、自分の生活感覚と銀座の華やかさとのギャップがあって。同期とご飯食べるときも銀座から離れてました。でも、高級な店でも見るのは自由ですからね。商品そっちのけで、天井や床をじっと観察しました。並木通りの海外ブランドがリニューアルしたときは、もちろんきれいだと思ったんですけど、一番感心したのはショーケースに鍵穴が見当たらないこと。キョロキョロしてたら警備員を呼ばれちゃいましたが」

「銀座を訪れる人の変化といえば外国人が増えましたね。銀座6、7丁目界隈は若い人も増えましたし、働いている人の雰囲気もだいぶ変わった感じがあります。（それによって）ディスプレイを見せたい人の幅が広がりました。外国の方はリアクションがいいのと、言語によるコミュニケーションを超えないといけないので、インタラクティブなものや、誰にでもわかるディスプレイが増えているかもしれません」

3・11のときは「空白のディスプレイ」を作った。

「平成15（2003）年に、人が歩いてる様子を表現したシンプルなディスプレイを作ったんです。スイスのビジュアル専門誌の編集長がこれを見て、表紙に採用してくれました。そのころから、シンプルなデザインこそが見る人の想像を膨らませるんだと思うようになって。極端に言えば、ウィンドウは空っぽでもいいと。3・11のとき、お客さんは来ないし、電気を消せって言われるし、どうしたらいいか本当に分からなくて。被災した人にむやみに頑張れとは言えませんから、もう一回ゼロから始めましょうという意味でウィンドウを空白にすることにして、『あなたの思いを、聞かせてください。』と社会へ向けてメッセージを送りました。逆説的ですけど、『何もディスプ

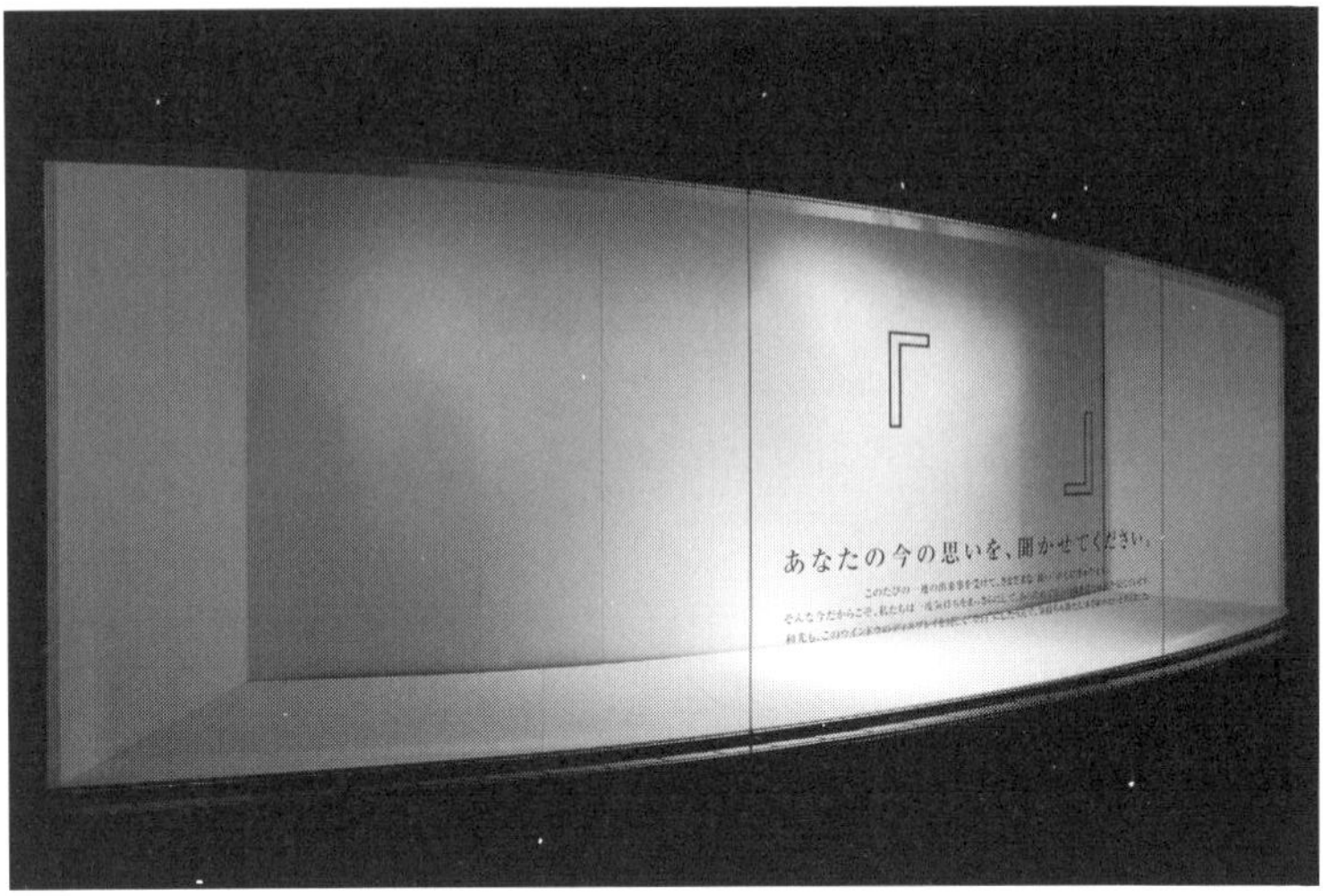

2011年4月に登場した「空白のディスプレイ」

レイしない』というディスプレイが、このとき、成立したんです。3・11以降は、命以上に大事なものってない気がしていて、生命感を意識するようになったかもしれませんね」

平成24(2012)年のクリスマスは東北出身の宮沢賢治の『銀河鉄道の夜』をモチーフにした。

「ざっくり言うとこのストーリーのテーマは死を乗り越えるということ。3・11の年に頑張って苦難を乗り越えた人たちが世の中にたくさんいて、僕の周辺にもいて。知人の奥さんのご家族が(3・11で津波に)流されてしまって。遺体安置所に行くたびに『ああ、違う』ということが実際にあったって聞いて。僕も平成20(2008)年に父親が亡くなって、そういうこと(生や死)を意識してたんです。クリスマスでみんなが楽しそうにしてる雑踏の中で、楽しくないひとりぼっちの人だっていますよね？　このディスプレイも一見すると美しいフィクションの世界なんだけど、そういう人には別の見方ができるのかなと思って。僕は（3・11の）ボランティアにも行ってなくて負い目があるので、仕事の中で何か昇華できたら少しはいいのかなという気持ちもありました」

「自分で御三家って言っちゃいますけど、銀座に縁のある、明治時代からの企業で、自社のディスプレイを手掛けるデザイナーが社内にいるのは、資生堂、ミキモト、和光。私たちは『ディスプレイの連なりが街の景観になる』と考えてます。よく銀座をぶらぶらするんですが、街全体のバランスを見て和光のディスプレイにはこんな色がほしいとか、みんなが守りに入ってるからうちは攻めようとか。それは、和光が銀座のランドマークであるべきだと思ってるし、和光のウィンドウは一店舗のプロモーションに留まらず、パブリックなものでもあると思っているからです」

（文：宮本由貴子、撮影：鍋島徳恭）

最近になって、若い人が増えてきた

老舗喫茶店の店長　村田克明さん（69）

東京・渋谷

「喫茶店トップ」は渋谷、新宿に3店ある。一番古い渋谷駅前店は、昭和27（1952）年の開店。村田克明さんが店長を務める道玄坂店も、昭和46（1971）年の開店という老舗だ。

「大学1年のときだったかな、アルバイトで入って。それから、コーヒー一筋50年。最初のころはコーヒー1杯100円、時給も100円。大学を卒業するくらいで社員になって、そのまま店長に

「昔はみんな、コーヒーと新聞、タバコ。それがお決まりのセットだった」と村田さん

なりました。当時はね、なかなかコーヒー担当になれなかったんですよ。まずは洗い場、それからトースト、ホール、持ち運び、レジ。コーヒーをいれられるようになるまで、10年かかりました」

「トップ」では、一杯ずつサイフォン式でいれる。

「いれるところを目の前で見られるのが面白いでしょ？　新鮮な豆がいきた濃いコーヒーがうちの特徴だね。濃さが癖になって、他のコーヒーは飲めないってお客さんもいるんですよ。サイフォンは、一杯いれるのに約3分。昭和の終わりごろなんか、目が回るくらい忙しかった。1日500人くらいお客さんが来る日もあって。4人掛けの席が全部相席で、どんどん人が入れ替わる。よく見てないと、お金払わないで帰っちゃうんじゃないかって。店員も多かったね。何しろ食器も手洗いだし、製氷機だってなかったんですから。氷を買って、木の冷蔵庫に入れてたんですよ」

15年ほど経ったころ、別の喫茶店に引き抜かれた。

「当時はけっこう引き抜きがあったんです。高田馬場にある、同じサイフォン式の喫茶店に移りました。だけど、時代が変わっていろんな店が増えて、コーヒーだけではやっていけなくなった。するとカレーをやったり、スパゲッティをやったり。僕はコーヒーがやりたかったから、高田馬場のお店を辞めようかな、と。そんなとき、トップの人に『今の歳なら戻れるよ』って言われて、戻ったんです。50歳くらいだったね。帰ってきたら、そりゃあ前に働いていたころより、売り上げは厳しくなってました」

渋谷にファッションビル「109」ができたのは、昭和54（1979）年。平成になると、チェーンのコーヒー店が次第に増えていく。

「109ができたくらいから、街の雰囲気が変わっていった気がするね。個人商店が

サイフォンをいくつも並べ、コーヒーをいれていく

少しずつ減って。チェーンのコーヒーショップが増えて、お客さんは減りました。やっぱり安いほうがいいじゃない？　平成の最初のころは、まだゆとりがあって、みんなランチの後に550円のコーヒーを飲みに来たんです。そういう余裕のある人が減っていったのかもしれない。自分の中では、昭和の時代のほうが活気があってよかった。でも最近になって、若い人が増えてきたんですよ。昔お父さんが来てた、とかね。観光客も来て、みんなスマホで写真を撮ってる。やっぱり面白いんだろうねぇ、サイフォンが」

（文：塚原沙耶、撮影：岡本隆史）

「お父さん、元気?」って、今でも言っていただくんですよ

帝国ホテルのドアマン　富田秀弥さん（49）

東京・内幸町

帝国ホテルは明治期、日本の迎賓館の役割を担って開業した。平成の現在も、国内外の要人が多く利用する。富田秀弥さんは「伝説のドアマン」だった父に憧れ、1991（平成3）年に入社した。ドアマン歴16年。

「子どものころ、母に連れられてホテルに父に会いに行ったんです。外国人のお客様に英語で応対していて、かっこよかった。父は約3000人のお客様の顔と名前を覚えていて、当時の首相はじめ政財界トップの方から親しまれたそうです。私がドアマンに配属されたとき、『君、富田さんの息子さん？』って、お客様からずいぶんと声を掛けていただきました。今でも『お父さん、元気？』って言っていただくことがあるんです」

「われわれの仕事は、ほんの一瞬の勝負なんです。ドアマンがお客様と接するのは、車のドアから玄関までわずか数メートルしかありません。ご婦人が降りられるときは、『私なんかでよろしければ』って手を差し出すと、『あら、いいの？』なんて、喜んで握ってくださいます」

「車の数ですか？　日に多くて４０００台ほどです。２０００人ぐらいの宴会だと、黒塗りの車が４００台、タクシーが５００台ほど並びます。お客様の顔と名前と車のナンバーが頭に入ってるのは１０００人ぐらいでしょうか」

「タクシーの運転手さんも、名前を覚えてお呼びかけするようにしています。運転手さんが気持ちよくお客様を乗せてくだされば、運転手さんもお客様も私も、みんなハッピーですので。どのような方にも分け隔てなく全身全霊で、って父から教えられまし

親子2代で帝国ホテルのドアマンに。笑顔を絶やさず。

た。ああ、そうだなあ、と思って、ずっとそう心掛けています」

「女性の役員の方が増えた印象がありますね。少し前までは、社用車でお越しになるのはダークスーツの男性ばかりでしたけど。日本の企業も少しずつ変わってる感じがします。男性の方にお声を掛けるときよりも、少し声のトーンをやわらかくしてお迎えするようにしています。パーティーのためにドレスアップしていらしたときは、『素敵ですね』『お似合いです』って、ついお声を掛けてしまいます。ホテルって、クサいセリフが似合う場所なんです」

災害時、ホテルは避難所になる。東日本大震災の時は勤務中だった。

「揺れた瞬間、ああ、今日は帰れないな、と思いました。（2007年の）新潟県中越沖地震のときもそうでしたから。『中のほうが安全ですので』と、表で立ちすくんでる方々をロビーに案内しました。玄関前にもタクシー待ちの長い行列があっという間にできました。『丸ノ内線は動いてます』など、公共交通の情報をマイクで深夜までお伝えしました。結局、私は1時過ぎに帰宅しましたが、地下鉄で家にたどり着いたときには午前3時を回ってました」

「震災直後は稼働率が3割ほどまで落ち込みました。今ですか？　8、9割ほどですね。本当にありがたいことです。外国人のお客様の宿泊が6割を超える月もあります」

富田さんに会うために、わざわざホテルを訪れる人たちがいる。

「大変うれしいことに『ちょっと顔を見に寄ったよ』と言ってお立ち寄りくださるお客様がいらっしゃいます。若いころからそのようなお客様に恵まれてきました。『気持ちがふさいでたけど、あなたの顔見たら忘れちゃったわ』なんて。『あなたがいるから来るのよ』と言ってくださいます」

「食事に誘っていただいたり、お土産をいただくこともありますが、お客様とは一線を引いてます。お返し？　いえ、いたしません。かえって失礼にあたるのでは、と思うからです。いついらしても心を込めてお迎えするのが、恩返しといいますか……。ですが、だからこそ、だからこそなんだと思います。ずっと会いに来てくださるのは」

（文：三宅玲子、撮影：鬼頭志帆）

第3章

わが道をゆく

「親元から離れて手に職を付け、ゆくゆくは地元に帰って働こう」。そんな将来像を描いていた男性の人生は、「平成」を目前に控えたある日、不慮の事故によって揺らいだ。「あまり思い出したくない」出来事。車いすユーザーとなった自分に狼狽し、落ち込んだ。

再起を促したのは、夢と友人の存在だったという。

スキルを身につけ、地元に戻り、今は責任ある立場で快活に働いている。結婚して子供も育て、フルマラソンに向けて体を追い込む。「もっと仕事がしたいという思いは、障がいがあってもなくても変わらない。上を目指して突っ走ってきました」

この男性を始め、この3章ではそれぞれが揺らぎなき「わが道」を語る。

障がい年齢33歳。もうちょっと生かしていただいて

大分県別府市

会社員 佐藤隆信さん（56）

大分県別府市の社会福祉法人「太陽の家」は、〝保護より機会を〟を掲げ、障がい者の働く場づくりに寄与してきた。その一つ、1983年設立の「三菱商事太陽」は同法人と三菱商事の共同出資で、社員112人のうち70人が障がい者。大分県出身の佐藤隆信さんは1989（平成元）年、同社に入社した。

「地元の高校出て、自衛隊に入りました。深い意味もなく、当時は親元を離れることを望んでいたし、そういう気持ちだけで。大学も受けましたけど、昼間のところは全部落ちてしまって。夜間だったらいくつかあったんですけど、自衛隊に入ればいろいろな資格が取れるんじゃないかと思って」

「入隊時は、航空機体整備員を希望しました。大分にも空港があるから、航空整備士の資格を取って、ゆくゆくはそちらに就職できないかな、なんていう考えで。なのに、適職診断の結果は通信員。基地間の交信業務の道に入ることになって。いわゆるモールス信号とか、テレタイプ通信とかを扱うんです」

「最初は戸惑いもあったんですけど、そこでコンピューターと出合うわけなんです。ふるーいやつだったんだけど、コンピューターってすごいなと。どうやって動いているのか興味を持ちまして。ちょうど、配属が（東京の）市ケ谷基地だったんで、周りに夜学とかがいっぱいあって、夜勤のとき以外は毎日勉強してましたね。コンピューターインフラの仕組みやら、簿記の知識も必要だといって学んで、プログラミングもこなして。ひと通りやりました」

1986年5月23日、転落事故で下半身の自由を失った。

「あまり思い出したくないところなんです。休日に友人宅を訪問して、手伝いでベランダかなんかにあるやつを取ろうと身を乗り出した瞬間に落ちたような覚えがあるんです。そこで脊髄損傷。医者には『一生歩けない』と言われて。到底受け入れられなかったですよね。『なぜ？ 治るでしょう』と。23歳のときです」

「新宿の医大病院から、リハビリのために自衛隊病院に移って。半年ぐらいでしょうか、（障害者）手帳を取った時点で自衛隊は除隊になりました。まあ、クビなんだろうな、と。そこから、所沢の職業訓練施設。コンピューターの知識もあったんで、職場適応みたいな訓練コースに行かせてもらいました。それから別府に帰ってきて、太陽の家で寮生活。いろんな職場を回りまして、最終的に三菱商事太陽に訓練生として入りました。職場の一角で訓練をしながら社員を目指すんです。（昭和）64年の正月も、寮にいましてね。朝、食事に行ったときに、（昭和天皇逝去の）黙とうが始まったのは覚えているんです」

自分を立て直すきっかけは、〝夢〟と〝仲間の声〟だったという。

「ある日、夢で車いすに乗ってたんです。そのときに自分の深層心理が見えた気がして。体では受け入れても、心まで障がい者になっちゃったのかな、と。でも、そこからです。とりあえず生きてはいるし、落ち込んでる場合ではないと。もう一つ、印象深いことは、中学校の同級生の連中と久々に食事をしたときのことです。僕が車いすになったことは、たぶん、彼らも会う前から知ってて、のっけから皆で抱えてくれたり、普通にしゃべってくれたり。今まで通りの同級生だっていう扱いをしてくれたんで、『コイツら最高』って。会えて良かったなと、メンタル的には凄くプラスになりましたよ。彼らにも『そのうちフルマラソン出るから』なんて伝えたりしてね」

「ここの正社員になったのは元年の7月です。通信員時代のコンピューターの知識が幸いして、システム開発、保守の業務畑を歩いてきました。2000年代の始めごろですかね、ちょうどインターネットが盛り上がってきて、僕もその世界に入っていきました。個人的にも趣味のような感覚で知識を高めて、職場でもネットワークやサーバー運用チームのリーダーを任されるようにもなって。僕自身、新しもの好き。新し

佐藤さんの指に結婚指輪が光る。現在はクラウドサービス部部長兼アウトソーシング部アウトソースチームリーダー。

いツールはどんどん使ってみようと。まだパソコン同士のチャットが一般的でない時期から試してみたり、楽しく仕事してきましたよ。今はクラウドサービス部の部長と、アウトソーシング部アウトソースチームのリーダーを務めています。2つ合わせて障がい者14名、健常者6名の社員をまとめています。障がい者社員の中では、役職的には一番上なので、見本を見せていきたいと思っています」

1997年に職場結婚。当初、先方の両親には反対されたという。

「僕がチームのリーダーで、彼女がメンバーだったんです。仕事をしていく中で、『食事行こうか』とか、そんなところからです、始まりは。ただ、当時は障がい者に対する社会的な認知度も低くて、初めは（先方の両親に）反対されまして。なかなか会ってもらえず、一度だけ会ったら『だめだ』と。悶々としながら日が経つなかで、半ば飛び出すような感じで僕のところに彼女が来て、それから『2人ともこういう気持ちだから、どうかひとつ……』と。なんとか、なんとか、本当に一生懸命説得しましたよね。長男ができてからは、先方の両親にも頼らせていただきました。今、15歳。もうすぐ高校受験です」

別府市では毎年晩秋、「大分国際車いすマラソン」が開催されている。2018年で38回目。「太陽の家」の設立者で、〝日本パラリンピックの父〟とも呼ばれる故・中村裕氏が開催に尽力した。佐藤さんは、1988年の第8回大会から出場を続けている。

「（別府に戻ったときは）まず車いすバスケットボールをやっていたんですよ。（車いすマラソン）第8回大会のときに、自分で応募用紙を書いた覚えもないのに、いつのまにか出ることに決まってて。バスケットボールのコーチが『応募しとくからな』って言っていた記憶はあるんですがね。それから26回出場です」

佐藤さんがトレーニングを行う別府―大分間の海岸線

「ちょうど、昨日も仲間と午前中走って。別府駅と大分駅の間に海岸線があるんです。結構広い舗装路で、そこをね。中間に駐車場があって、そこから大分まで3キロ、往復で6キロ。ハーフに出る人は4往復で24キロ、フルの人は少なくとも7往復。きっついですよ。けど、黙々と練習した分だけ結果が付いてくるからね。走るからにはいいとこ目指していきたいから、本番のときは目いっぱいいきますよ」

佐藤さんにとって「平成」はまさに激動だった。

「けがから社会復帰できて、上を目指して30年間ひたすら突っ走ってきた。『もっと仕事がやりたいんだ』という気持ちは、健常者だろうが、障がいがあろうが、変わらないと思うんです。ちょうど今朝、朝礼で話したんですよ。『障がい年齢33歳や。まだまだ、これから』と。中途障がいの人って、誕生日が二つあると言ったりするんです。普通に生まれた日と、障がいを持った日。けがした当時、『60まで生きれるかな』って言われたんです。30年前は、器具の性能とか医療もまだ進化してなかったので。だんだん（60歳が）近づいてきて、おいおい、近いぞ、みたいな感じではあるんですけど、もうちょっと生かしていただいて、知識と経験を生かして、役割を見つけていきたいです」

（文・撮影：吉田直人）

結局、生き残ったのは僕ひとりでした

ホストクラブ経営者　愛田孝さん（53）

東京・新宿

2018年10月、「ホストクラブの帝王」と言われた愛田武氏が亡くなった。その長男で現在も東京・新宿区歌舞伎町でホストクラブを経営する愛田孝さんが、父と歌舞伎町ホストの平成を振り返る。

「父の店で働きだしたのは30歳のとき。実はそれまで父親が愛田武とは知らなかったんですよ。僕は小さなころから、母方の祖父母に育てられたんです。結婚の際に妻の父に勧められて、戸籍を頼りに父親捜しをしたら、愛田武と分かりました。歌舞伎町の風林会館1階の『パリジェンヌ』という喫茶店で初めて会ったとき、『会いに来るのを待ってたよ』と言われました。それでそのまま、腹違いの弟2人と父の店で働きだしたんです」

父と初めて会ったのは1996年。それから4、5年たったころ、ホストブームが起きる。

「父の陽気でなんでも話すキャラクターが注目されて、テレビによく出るようになったんです。人生がドラマになったこともあります。それをきっかけに一般のホストたちも面白がられて、テレビのバラエティー番組に引っ張りだこになりました。僕自身もゴールデンタイムのバラエティー番組に6、7回出ましたよ」

「それまで日陰者みたいな扱いだったホストたちがテレビに堂々と出るようになって、お客さんも増えました。早い時間帯はOLさんとか、昼職やってる女性たち。遅い時間は自分の店がハネたあとの銀座のクラブのお姉さんたち。平成でいちばん店がもうかった時代じゃないですか。ホスト志望者も毎月100人くらい来ましたから」

父の遺骨とともに

そんなホスト景気は急転直下で悪化する。2003年ごろ、ある人物がきっかけだったという。

「石原慎太郎都知事時代に竹花豊副都知事が就任してからですね。広島県警時代に暴走族壊滅作戦を指揮した人で、歌舞伎町浄化作戦と称して、水商売の取り締まりを徹底した。キャッチ（客引き行為）が禁止され、それまでお目こぼしされていたホストクラブの深夜営業もできなくなりました。それと同時期に大阪のホストクラブが格安料金で殴り込みをかけてきて、価格破壊も起こりました。この影響は今もあって、『太客』（たくさんお金を使う客）は減って。今は初回料金1000円からの薄利多売の商売ですね」

ホスト景気は底を打ってから少し持ち直し、そこから横ばいが続いているという。

「これからどうなるのか。不安はありますが、毎日、足元の仕事をやるしかない。実は父の前に弟2人も亡くなっています。2人とも自殺でした。それで今年、父も亡くなり、妻からは『あなた1人になっちゃったわね』と言われています。父から『兄弟の中でいちばん水商売に向かない』と怒られていた僕が生き残ったのは皮肉ですね。でも昔と違うのは今の僕には若いホストたちが慕ってついてきてくれたこと。父はよく『この仕事は人のつながりを大切にしなくちゃいけない』と言ってました。裏切ったり、裏切られたりするのは日常茶飯事のこの街で、それだけは守ってきたことが、僕が歌舞伎町で生き残れた理由かもしれません」

（文：神田憲行、撮影：福田栄美子）

教育の力を信じたい

教育コーディネーター　武田緑さん（33）

大阪市

被差別部落に生まれた武田緑さんは、人の多様性と自由の大切さを子どもたちに伝えている。「教育から社会を変える」がモチーフだ。

「中学校のとき、学校の壁に差別落書きがあったんです。『しょーもないことするやつ……』と、私はケッって思ってたんですけど、同じ部落出身の友だちが泣いてて。腹が立ちましたね。自分が傷つくのが嫌というより、誰かが傷つくような状況をなくしたいと思いました」

「私は部落で生まれて、それを自分のアイデンティティとして持ってます。経済的にしんどい家庭も多かったし、在日の人も住んどった。いろんな人がいて当たり前。学校は人権教育が盛んで、たくさん差別や社会問題を学びました。遠くの話じゃなく、自分のこと、友だちのこと。私の根っこは地域と学校で育てられた」

「ピースボートで世界一周の最中、船でいろんな話をする機会があったんです。若者同士で生き方を語り合ったり、リタイア後のおじいちゃんと政治についてしゃべったり。ガチな議論も多くて。私は『自分は意見を言える』と思っているから、いろいろ発言した。そしたら、生まれて初めてまともに反論を受けて。しかも全然返せない。『あぁ、自分の意見じゃなかったんやな、周りの大人の意見をうのみにして同化していただけなんや』と気付いて、めっちゃショックでした」

「異なる意見の人と議論や対話する、物事を多角的に見て自分の考えを再構築する、それをやってこなかった。自分の頭で考えて、意見を持って話し合うってすごい大事。で、今度は日本の学校にそういう機会がないことが気になりだして」

有志でつくった子どもの居場所で

日本にも世界にも多様な教育があると知り、あちこちの教育機関を見て回った10年間。

「印象に残っている学校の一つが（和歌山県の）きのくに子どもの村学園です。ビオトープをつくってた子たちが『今の活動予算じゃ足りなくて、増やしてもらうためのプレゼンを用意してる』と話してくれた。これやな、って。自分のしたいことが分かってて、状況も見れてて、そのうえで周囲の環境に働き掛けができる。自分たちがアクションを起こしたら環境を変えられるかもしれない、そう思ってるということだと感じて。そこに教育の可能性がある、と」

「今、日本の学校はすごくしんどい。先生もほんまに多忙。めっちゃ大変です。でも、大人自身の働き方を変え、学びを変えようと取り組んでいる人は着実に増えてきている。『自分の頭で考え、変えたいことは変えよう。学校も社会もみんながつくっていく場所やで』というメッセージを、みんなでもっと発信したい。私は教育の力を信じたいと思います」

時代を読み、飛び回って種を運ぶ人になりたい。

「最近、自由に種を蒔《ま》きたいと思い、10年間続けていた地域の団体の代表を降りたんです。ピースボートで聞いた話の中に『土の人』と『風の人』っていう言葉があって。土の人は、ある場所やテーマに根を張ってじっくり活動する人。風の人は、時代を読み、飛び回って種を運ぶ人。私は土の人の文化の中で育ったと思うんです。この地域の役に立ちたい、立たなあかん、っていう思いがずっとありました。でも、最近はもう、そんなに縛られなくていいかな、と。やっぱり、自分は『風の人タイプ』なんで。もうちょっと自由に飛び回りながら、自分のスタイルで社会を変えていけたらいいなと思っています。やっぱりテーマは子どもと教育です」

「今は主に、地域の子ども食堂に関わったり、co－arcというコミュニティスペースを運営して、先生たちの職場の悩みを聞いたりしています。教育コーディネータとしてワークショップなども行っていますが、一番伝えたいのは『誰もが自分を生きていい』ということ。日本では、個人より組織や空気が優先されることも多いです。それを全否定するつもりはないんですけど、ヨーロッパの教育現場なんかを見てきて思うのは、まず個人が尊重される社会は幸せだなあということ」

「子どもの権利について」のワークショップで

「こういうことを言うと、わがままな子が増えるみたいな話にすぐなるんですけど、そうじゃない。みんなが自己表現をしていい、ということを前提にすれば必ず折り合いをつける、議論や対話をして納得できる答えを探す、という必要が出てきます。そして、それってこれから世界がつながっていくこれからの時代を生きていくうえで、めっちゃ大事な力でもあると思います」

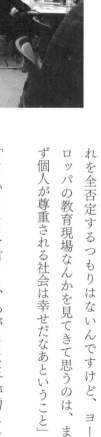

貧困の連鎖から抜け出すチャンスをつくりだす。

「差別や貧困がなんで問題かというと、生きたいように生きられなくさせるからです。自分を生きることを、社会環境が、できなくさせるからです。残念ながら、学校や教育現場の中にも、マイノリティに日々小さなトゲトゲが刺さっていくような言葉や仕組みがたくさん存在しています。生きる権利、育つ権利、守られる権利、参加する権利、と言った子どもの権利を知らない先生も多いです」

「特に、参加する権利、つまり、子どもも意見表明をしてよい、それが尊重されるという状況には、日本はまだまだ遠い。でも、だからこそ教育が変わることにはめっちゃ可能性があると思う。貧困の連鎖から抜け出すチャンスをつくりだすことも、この社会には多様な人がいるっていう感覚も、『それって変やん』と反応できる感覚も、違う立場の人と対話する力を育てることも、教育にはできると思います」

(文・撮影：後藤勝)

ビートルズ聴いたことない？ちょっと待て

書店主　大井実さん（57）　福岡市

京都の大学を卒業後、東京・表参道で働いた。ファッション業界でのイベント企画。「お金をガンガン動かしていた」が、1990（平成2）年に退職し、暮らしてみたかった欧州へ。帰国後、子どものころから好きだった本屋をやろうと決意した。

「僕らはバブル世代と言われていて……。僕は恩恵を被ったわけではなくて、居心地悪かったんです。語りとか対話とか、青臭いことが好きなタイ

1店目の「けやき通り店」

プで。でも当時は、そんなことを考えるくらいなら、『上がりそうな株でも調べて買え』ってな時代。みんな株とかやってたから」

「この居心地の悪さは何だろうって、解を求めてヨーロッパに行って、イタリアで『あぁ』と感じたわけです。イタリアの商店では、一人ひとりの接客時間が長くて、なんだかすごく面白いんですよ。日本では、そういうものが、コンビニとかで合理化されてなくなっちゃっていったところでね。本屋を開いたのは、そりゃ、イタリアを見たからです。東京で働いた反動でもあるかな。大きく資本を動かして、宣伝して、消費をあおって、っていうやり方は、もういいや、って」

2001年、15坪の小さな総合書店「ブックス

キューブリック」を福岡市に開いた。2006年には総合ブックフェスティバル「ブックオカ」を地元の仲間と開始。ブックイベントの先駆け的な仕掛け人として、全国でも知られる。

「ブックオカは友人2人との飲み屋話から始まったんです。『東京の不忍でやっている一箱古本市を（福岡市内の）けやき通りでやったら、ぴったりはまりそうだね』って。さらに仲間を集めて飲んだりしながら話していたら、どんどんアイディアが出て。初年から古本市以外にもトークショーとか15ぐらいのイベントをやったんですよ。本のイベントって珍しいんでメディアもこぞって取り上げてくれて、人がわんさか来た。数千人規模、あるいは1万人以上かな」

「初年にね、いかにも無口そうな男の子が古本市に出店していて、楽しそうにお客さんと本について話していたんです。あ、とてもいいなって。自分たちは本を使って人が集えるような場を作ろうとやってたんですが、本は人と人を繋いでいけるんだってことが証明された感じでしたね。それまで個人で楽しむ喜びだった本に実は人と繋が

2店目の「箱崎店」にはベーカリーもある

るツールという機能がある。そう言われ始めた最初の頃です」

新刊書店の個人開業が極めて珍しいなかでの創業。そして、2008年にはカフェとギャラリー併設の箱崎店も開いた。

「最初はね、自分の居場所づくりが目的だったんです。でも最近は、やるやつがいないんだったら、俺がやるしかないか、みたいな。うちは、一人ひとりのお客さんの単価が高い。それだけ本をたくさん読む層のお客さんに支えられているんだけど、一般的には……」

「こないだも驚いたのがね、その子は大学出て新聞記者になったような子なんですが、いろいろ話していうるうちに、びっくりしたんですよね。近所に『レノン』っていう店があるんですけど、そこで東京の出版社の人も交えて飲んでるときに、音がいいので、『あぁ、ビートルズいいよね』なんて言ってたら、そいつが『ビートルズとか聴いたことがないんですよ』とか言うわけ。まじめな顔して。え？　って。大井さん、なんかお薦めがあったら、教えてください、とか言うから、ちょっと待て、と。やっぱり、受け身だし、情報が多いだけに、『（これは）すごく大事』『これくらい知っとかないと』というものも伝わってない。本人に聞いてみると、恥ずかしいって思いもないわけ。ただの情報の一つだから」

「情報量が増えすぎちゃったことによって、何が大事かっていう比較基準になるものさえも、情報の海の中で消えちゃったっていう感じなのかな。語り部的な、重要なものを後世に渡す人間って大事。僕なんかは完全に老人になってるわけじゃなく、中間世代だからそういうことができるかな……なんてね、そんなこと思ってます」

（文・撮影：益田美樹）

失われた何十年って、言ってる人が勝手に行き詰まってる感じ

国際ボランティアNGO「NICE」代表

開澤真一郎さん（50）

川崎市

大学生のときに立ち上げた「NICE」は、国内外で国際ボランティア・ワークキャンプを運営している。送り出したボランティアは延べ7万人。当の開澤真一郎さんは今も現場に出る。

「現場のことはみんなに任せて、社長業をもっとやるべきだというのは分かるんだけど、でもやっぱり、離れたくないんで。ボランティアと一緒に土掘ったり、子どもと遊んだりとか。海外ではカンボジアとか、アジアが多くってね。でも、ロシアとかもたまにやってる。北極圏に近いところで、クマのような国立公園のレンジャーたちと一緒に薪割りしたり、ウォッカ一緒に飲んだり、サウナ入ったりとかしてね。すごい楽しい」

「長くやってるから、親子で参加する国際ワークキャンプもできた。うちにも、4歳から12歳の4人の子がいてね。自分の子どもには『カイくん』って呼ばれてるんだけど、（キャンプに）興味があるって言うときには、連れていってるよ。放っとくと、田んぼで泥まみれになっていたり、タニシを捕まえて『これ食べたい』って言って。しょうがないから茹《ゆ》でて食べさせる。結構おいしいって。バッタもそう。食べたいって言うから、しょうがないなぁって調べて、揚げて食べさせた。そしたらすっごい喜んでた」

「前にね、石川県のワークキャンプに参加した外国人のボランティアが、日本語を勉強していて、『私たちは風です』ってあいさつしたんだ。え？　って。『日本には風土という言葉があります。土と風と両方でできています。私たちのようなボランティアは風のような役割をもっていればいい』みたいな。確かにね、って思ったよ。それぞれの土地は、地元の人たちだけで作ってるって思いがちだけど、風通しのないところは、どこもよどんでしまう。ボランティアの役割の一つとして、風を運んでくることがあるんじゃないかな。もちろん、農業とかなんでも、プロがいなければ成り立たないけど、そこに、外から短期間でも流れてくる人が入ることで、新しいエネルギーが生まれるんじゃないかな」

NGO活動は、お金も物も人脈もないところからスタートした。

「大学を1年間休学して、世界を放浪してたんだよね。その途中、1989年にポーランドのワークキャンプに参加して面白かった。調べたら、当時ワークキャンプは日本にはない。そこで、日本にいる海外のワーク経験者のリストを手に入れて、手紙を書き、6人が集まって、俺入れて7人で新宿の居酒屋へ。その乾杯とともに、1990年2月4日に始まったのがNICE（ナイス）」

「ふつう人って、お金とかあるほどいいと思うかもしれないけど、ないほうがいいこともあって。農業でも、肥料を与え過ぎないハングリーな条件の方が、味の濃い、いい野菜ができる。イランのスイカが世界で一番甘いと言われているのは、土が乾いていて、すごくおいしくなるから。モンゴルでも、ニンジンはヒョロヒョロだけど味が濃い」

「思い出すのがね、モンゴルの児童養護施設の子どもたち。ワークキャンプを始めた2000年のころは、ヒョロヒョロだった。それは貧しいからだったんだ。ヨーロッパから来たボランティアは『これは児童虐待だ。こんなひどい栄養状態の子どもたちは見過ごせない』とか言いだして。でもその2メートルほどのドイツ人が持てない重い水がめを、10歳ぐらいのヒョロヒョロの男の子がひょいって持ち上げて。なんだよこれ、って。ハングリーになればなるほどいいとは言わないけど、ハングリーになったから、本来の力が発揮できるというのもある」

「NICEの活動でも（モノや資金などは）なかったけど、困ったことって、実はないことで逆によかったってことが、結構あるんだよ。水俣（熊本県）のワークキャンプでね、宿泊する公民館にお風呂がなくて、それで、近所にもらい湯をお願いした。3人ぐらいに分かれて何軒かにね。待っている間に、家のお母さんとかが、これでも

カッパのお皿を持ち歩き、気が乗ると頭に乗せる

飲みな、っておしゃべりが始まって。（外国人の参加者と）言葉が通じなくても結構盛り上がって、次の日行くと、お父さんがビール瓶を置いて待ってる、みたいな。最初は、お風呂を貸してもらうだけだったのに、もう交流のほうがメインになって、毎晩のように楽しくご飯食べたり、お酒飲んだりするようになった」

国際的なボランティア・ネットワークの要職も長年務め、1年のうち延べ3カ月は海外だ。大学で教鞭もとる。

「今の若者って昔と変わった？　ってよく聞かれるんだけど、俺からすると変わらないな。やっぱり違いはあるよ。お酒をあんまり飲まなくなったとか、SNSばっか見てるとか。でも基本的に話してることとか、一緒だよ」

「この30年ぐらい、失われた10年とか20年とかよく言われてる。でも、言ってる人が、勝手に行き詰まってる感じがあるね。１９８０年代より90年代以降のほうがよっぽど自由じゃないかな。社会の秩序が崩れて、安定を求める人にはつらいかもしれないけど。チャンスも広がっていて、好きなことを自由にやりたい人にとってはね、素晴らしいよ」

（文・撮影：益田美樹）

「集団化しやすい日本人は、暴走を始めている」
――オウムとネットメディアの平成

映画監督／作家／明治大学特任教授
森達也さん（62）

1995年、日本は騒然としていた。1月に阪神・淡路大震災があり、3月にはオウム真理教による「地下鉄サリン事件」が起きる。後者は多くの死傷者を出す無差別テロであり、テレビや新聞は連日、「オウム」の大報道を続けた。オウム真理教の幹部らがテレビ出演も続ける中、オウム真理教の信者やそれに理解を示す者は社会から強く忌避されていく。広告会社や不動産会社などを経て、テレビの番組制作会社に入った森達也氏は当時38歳。ディレクターとしてテレビのドキュメンタリー番組を手掛けていた。そして、その騒然とした空気の中で東京・青山の教団本部内にカメラを持ち込む。「オウムの内側」からも撮りためた映像は、のちにドキュメンタリー映画『A』として結実したが……。

「施設内部の撮影をオウムに依頼したのは95年7月です。この時期のメディア、特にテレビは朝から夜中までオウムの特番だらけでした。だから通常の企画は通らない。『何でもいいからオウムを撮ってこい』という雰囲気でした。でも、麻原彰晃（死刑囚、本名・松本智津夫）や事件に関与した幹部たちはもう逮捕されていて、（塀の）外にはいない。だから現役信者を撮るしかない、と。それで教団に打診してカメラを手に施設内に入りました。いわば、日常の仕事の延長です。逆に、地下鉄サリン事件から4ヶ月が過ぎているのに、信者たちの日常の取材を誰もやらないことが不思議でした。だって当たり前のことですよね？　例えば、一人の小学生をドキュメンタリーの被写体にしたならば、学校で授業や給食の様子を撮ったり、その小学生の家に行って家族との交流を撮る。それが普通。その普通のことをオウムでは誰もやってなかったんですね」

「それまでの番組制作では、現場にはディレクターとカメラマンがいて、ビデオエンジニアがいてADがいて、というユニットが当たり前でした。ENGといいます。撮り終わってラッシュを見ながら、『なんでここで（カメラは相手に）寄らないんだよ』とかブツブツ言いながら編集していた。これがテレビ・ドキュメンタリー制作のルーティンです。もちろんテレビ・ドキュメンタリーとして始まった『A』も、このスタイルで制作を進める予定でした。ところが撮影が始まった直後に、TBSのワイドショーが坂本弁護士一家殺害事件の要因に結果的に加担していたことが発覚して、メディアは大きな衝撃を受けます。TBSは全メディアから激しく叩かれた。でもオウム報道については、何でもいいからオウムネタを放送して視聴率を稼げと躁状態になっていた他局も、叩けば埃が出ることは同様です。つまりテレビ各局はTBSを激しく批判しながら、同時に自分たちも萎縮した。それまでオウムはテレビにとってキラーコンテンツだったけれど、一気に取り扱い注意案件になるわけです。その過程で、撮り始めたばかりの僕の作品が、放送を予定していたフジテレビと制作会社上層部で問題視され、最終的には制作部長から撮影中止を言い渡されます。オウムを徹底的な悪として描こうとしていない、などと理由を説明されました。だからENGをとりあげられ、自分でカメラを回すしかなくなった。そして気付いたんです。ドキュメンタリーは主観である、ということに」

「青山（東京都渋谷区）にあったオウム真理教の本部に行って、内部を撮影していたとき、3階か4階にあった麻原彰晃のバスルームに入ったんです。そこに『尊師専用』と書いたシャンプーが置いてあった。それを友人から借りた小さなハイ8でズームしたりパンしたりしながら、『自分の感情をここに入れてるじゃん』って気がついた。ズームやパンは（伝える側の）感情表現です。あるいはフレーム。その状況のどこをどう切り取るか。これももちろん撮影者のその場の直感です。近づくか、離れるか、どのようにフレーミングするか、それによって見え方は変わる。そしてその選択の主体は、撮影したり編集したりする側にある。つまり意図です」

「それまでは先輩ディレクターやプロデューサーに、『テレビのドキュメンタリーは公正中立であるべきだ』と教わってきた。自分の存在は隠せとも。なぜなら自分を出してしまうと客観性が損なわれるから。客観中立で公正不偏不党。そればっかり言われて、それが至上の価値なんだと信じて、『客観中立を実現しなきゃ』って自分を追い込んでいた。でも自分で撮影したことで気がついた。そもそも客観中立なんて存在しない。映像は主観なんだ。その瞬間に一気に楽になって、ドキュメンタリー制作がようやく面白くなったんです」

当初は民放との契約で始まった『A』の制作は、途中で契約打ち切りになるなどして、事実上、森氏と途中から参加するプロデューサーの安岡卓治氏の二人で、撮影や編集を担った。そして、オウム真理教に対する社会の反発や警察の捜査などを「内側」から見詰めた作品は、まず海外で高い評価を得た。

「物議を醸すとは思っていたけど、どんな評判になるか、全く予想はつかなくて。最初の試写のとき、プロデューサーの安岡が、半分は冗談なのだろうけれど、(誰かに刺されたときのことを考えて)腹に新聞紙を巻いておいたほうがいいんじゃないか、なんて言っていました。でも蓋を開ければ、試写はいい意味で大盛況でした。いろんな人が来てくれました。(ニュース番組のアンカーだった)筑紫哲也さんもいたし、小説家の村上春樹さんとかジャーナリストのばばこういちさんとか。他にも有名な人がたくさんいたし、テレビや新聞など各メディアの記者なども大勢来てくれた。安岡は大喜びです。ところが記事が出ない。試写に来たほとんどの人が公式には『A』について発言しない。試写の後は『すごいね』って言ってくれるのに（宣伝用の）コメントもくれない。例外は（新右翼の）鈴木邦男さんくらいだったかな。各メディアの記者たちに安岡が『記事にならないんでしょうか？』と電話すると、『自分は書きたいけど上がダメだと言う』とかの返事が多かったようです。『上』の人たちは試写に来ていない。映画を見ていない。だから反社会的な映画だとかオウムのPR映画だなどと思い込んでいるらしい。観てほしいと言っても観る価値などないと言い返される。そんな状況だったようです」

オウム事件とネットの浸透を媒介にして、人々の「集団化」と「異物の排除」が急速に拡大したという。

「平成を象徴するものとして、『オウム』は外せない。同時に『ネット』の拡大。『フェイク』の浸透もそうかもしれない。いずれにしろ、平成の時代にメディアを介して日本社会は大きく変わった。95年は1月に阪神大震災があって、3月に地下鉄サリン事件が起きて、そしてＷｉｎｄｏｗｓ95の発売年です。その3年後にＷｉｎｄｏ ws98。誰でも『情報の発信』ができるようになり、オウムで刺激された人々の恐怖や不安が、ネットを媒介にして広がるようになりました。不安の拡散です。これが本当に大きい」

「オウム信者の子どもを公立学校が入学拒否したり、役所が信者の転入届受理を拒み始めたのも98、99年頃です。サリン事件直後じゃない。2～3年が過ぎてから。不安と恐怖の連鎖、拡大です。だからこそ異物や異端の排除が98年ごろから急速に広がった。入学拒否と住民票受理拒否。どちらも明確な憲法違反です。でもオウムは特別だとの意識で正当化された。例外は必ず前例になる。…やっぱりネットの浸透と関係していると僕は思う。『あんなやつら許すな』というのは、Windows95の頃はそうでもなかったけど、98の頃は定番になっていた」

「オウム真理教について言うと、地域によっては住民と信者が仲良くしてる動きもあったんです。『A2』で描いたのは（群馬県）高崎市、他には東京の池袋にあった施設周辺も撮りました。エピソードが近いので池袋のシークェンスは本編からは落したけれど、住民たちの多くが信者と親和性を示し始めていて、信者が外出しようとすると、マスコミの取材から守るために住民たちが周囲をガードしたりしていました。実は、その住民も最初は強硬にオウム排斥を訴えていた。それがなぜ交流に発展したか。距離を詰めるからです。それまでオウム信者は危険でコミュニケーションなどできない存在だと思い込んでいたのに、実は普通に笑ったり困ったりすると気がついた」

「高崎の場合も信者と交流していたのは、そもそもオウム施設を排斥することを訴えていた住民グループでした。それも過激な一派。だから最初は信者を殴ったり蹴ったりしていたようです。ところが、殴るためには近づかなきゃいけない。過激な人ほど忌避する相手に近づくんです。『A2』に登場する右翼もそうですね。で、近づいて相手を殴ると痛がるし、あ、人間なんだ、って気づく。メディアからの情報だけで距離を詰めない人にとっては、最後までオウムはモンスターのままで異物なんです。怖いから離れた場所で、善良な市民たちが集団になり、決して異物には近付かない。排除し、遠ざける」

「ただし、池袋や高崎での交流の様子をもしもテレビで流したら、視聴者やスポンサーから凄まじい反発が出るでしょうね。だからメディアはこうしたことを報じない。市場原理です。視聴率を最優先して番組をつくる姿勢そのものは、営利企業としては当たり前です。ヤフーニュースだってそうですよね？　だから報じない。情報をフィルターにかける。高崎では地元紙の上毛新聞の記者が、交流の様子を撮影している僕の横にずっといた。ほぼ毎日現場に来て、信者と住民たちが和気あいあいとしている様子を、他のメディアも目撃している。でも書かない。報道しない。テレビも伝えない。この時期も相変わらず、凶悪で冷血なオウム信者たち、というレトリックの記事や番組ばかりでした」

「もちろん、一連のオウム事件の前から『読者に反発されることは書かない』という姿勢はメディア内部にあった。まさしく戦時下の新聞がそうでした。市場原理は今始まったことではない。しかもオウムはパブリック・エネミーです。それまで日本社会に存在したことがないほどに圧倒的な質量の悪です。それは企業メディアの論理として、ある程度は理解します。でも営利目的だけではない。メディア企業にはもう一つの柱があるはずです。それを言葉にすればジャーナリズム。だから一人ひとりの個である記者やディレクターは悩まなければならない。もしも煩悶しなければ、ジャーナリズムはその瞬間に窒息します。その悩みや煩悶が、オウムを契機にとても薄くなってしまった、と感じています」

オウム事件の後、東日本大震災が起き、「絆」が声高に言われるようになる。

「生存への不安や恐怖を感じたとき、人は多数でまとまりたくなります。ホモサピエンスは群れる生きもの。これはほぼ本能ですね。それ自体は否定しない。でも、過度な集団化は副作用が出る。それを意識するかしないかの差は大きい。今のこの国は、まとまることにすごく無邪気です。煩悶や疑問がない。副作用の実例は歴史に数多あります。大日本帝国、ナチスドイツ、カンボジアのクメール・ルージュ（共産主義者の組織）。中国の文革にルワンダの虐殺。オウムも集団化して暴走しました。そして今、オウムを契機に日本社会も集団化に突き進んでいる。あえて刺激的な言葉を使えば、オウムに対抗するために日本社会はオウム化した。それほどまでに、不安や恐怖に対するセキュリティ意識が過剰になった」

「なぜそうなったか？　ネット、特にSNSの発達が要因の一つとして影響していることは間違いない。日本では、ネットの情報流通によって生じた負の側面が大きい。理由はいくつかあって、その一つは匿名性。欧米のSNSはフェイスブックが主流で、発信している人の情報や所属が一定程度分かる。でも、日本の主流は、匿名性の高いツイッターなどです。匿名だから好き放題書く。口汚く罵倒できる。そしてエスカレートする」

「日本人は匿名情報が大好きです。誹謗も中傷も。村八分が怖いからかもしれない。溺れる犬はたたけというけれど、集団化した社会では、いつ自分が溺れる側に回るか分からない。心の奥底で『いつ自分がたたかれる側になるのか』と思いながら、誰かをバッシングしているんじゃないか、って。要するに『A』が、テレビから排除された要因になったTBS事件がもたらした状況と同じです。誰かを叩きながら自分も委縮する。その結果としてジャーナリズムが機能しなくなる。社会全体が地盤沈下する」

ポスト平成の日本はどこへ向かうのか。

「過剰なセキュリティ意識は加速します。いったん火がつくと止めようがない。監視カメラに囲まれて安心感は増しますか？　むしろさらに不安になります。刑法犯はいま、毎年のように戦後最少を更新しているのに、日本の多くの人は、他者からの暴力に脅えるばかりです。そもそも治安が良くなっているという情報がほとんど流通していない。市場原理に捉われたメディアは不安や恐怖を煽るんです。こうして不安や恐怖は増大し、加速する集団化とそれに伴う少数者たたき、異物の排除が起きる。それが既に暴走を始めている。このメカニズムは、9・11後のアメリカときわめて近い。でも多民族多宗教多言語のアメリカは、一時は一色になっても長続きしない。復元力が働くから。ところが日本は一色になりやすい。そして異論が消える。集団だから止まらない。みんなが右に曲がれば自分も曲がる。曲がらなければ自分が異物になる。こうして集団は暴走します。ならばどうすれば止まるのか。このメカニズムを知ることです。集団化の過ちの歴史認識を持つことです。オウムの事件はこうした人間の属性に気づくことができる重要な機会でした。でも結果として、そのチャンスを日本社会は生かせなかった。むしろ集団化の燃料にしてしまった」

「罪を犯したりルールを破ったりした人も、一人ひとりは普通の人間だということに気づくかどうか。少なくとも、それに気づくきっかけを作れるかどうか。そこは結構、大きいと思ってるし、その点でもメディアの役割は今後もすごく大きい。だって、普通に暮らしている大半の人々は、悪人に会う機会はあまりない。身近に殺人犯はいないし、オウムの信者にだって会えない。だからメディアの情報に頼る。ところが市場原理に埋没したメディアは情報を単純化する。四捨五入して二元化する。そして不安や恐怖を煽る。大メディアであればあるほど、この構造は強固になります。メディアが変われば社会は変わると思うけど、そのためには先に社会が変わらないといけない。メディアは単独では変れません。でも社会が変わるためには、社会に情報を供給するメディアが変わらなければならない。要するにニワトリかタマゴかの話になって、出口がない」

「行きつく先は不寛容がさらに増した社会です。さらに異物を許さず、排除する。関東大震災時の朝鮮人虐殺まではいかないにしても、集団の動きに同調しなければ異物になる。それを『良心的』な人々がたたく。やがて危機意識は飽和して国外に照準を向ける。こうして仮想敵国が現れる。先制攻撃論が幅を利かす。戦争はこうして始まります」

「今は明治大学で教えていますが、外国に行った経験のある学生はとても少ない。欧米の大学などで出会うアジア系は、中国と韓国からの留学生ばかりです。日本の学生はほとんどいない。つまり国外に出ない。急速にドメスティックになっている。なぜ自由に動ける学生の間に外国に行かないのか、って尋ねました。僕の若いころは、バックパックを背負って世界を放浪する人はたくさんいた。でも学生の答えは、『外国は怖いし、汚い。なんでわざわざそんな場所に行かなきゃいけないの？』って。好奇心が機能していない。これもセキュリティ意識の副作用でもあるのかな」

「反転の糸口？　そんなの、分からない。ないでしょう。でも、こういうことはありました。数年前、オランダの社会学者と対談したとき、彼女に言われました。どうして日本では匿名掲示板がこれほどに注目されるのか、って。まとめサイトとか『2ちゃんねる』（現・『5ちゃんねる』）とか。SNSもほぼそうですね。時にはこうした出所不明な情報が、ニュースのソースになったりする。営利追及の市場原理は組織のメカニズムです。そしてジャーナリズムは、現場で自分が感じた怒りや使命感など個の論理を基盤にします。日本は個が弱い。だからジャーナリズムが機能しない。組織の論理に個が回収されている。摩擦や葛藤がほとんどない。だから匿名と親和性が高いんです」

「僕は彼女に聞きました。『ヨーロッパの人は匿名情報に興味ないのか』と。そして彼女の答えに、僕は言い返せなかった。彼女はこう答えました。『人生は短い。匿名の情報なんか読んでいる暇はない』って」

（文：高田昌幸、撮影：廣瀬正樹）

森達也（もり・たつや）
1956年生まれ。1980年代前半からテレビ・ディレクターとして、主に報道とドキュメンタリーのジャンルで活動する。1998年にドキュメンタリー映画『A』を公開。ベルリンなど世界各国の国際映画祭に招待され、高い評価を得る。2001年、続編『A2』が、山形国際ドキュメンタリー映画祭で特別賞・市民賞を受賞する。同時期に執筆も始める。主な著書に、映画撮影の舞台裏を描いた『A』『クォン・デ』（角川文庫）、『A2』（現代書館）、『放送禁止歌』（光文社知恵の森文庫）、『下山事件』『東京番外地』（新潮社）、『王さまは裸だと言った子供はその後どうなったか』（集英社新書）、『ぼくの歌・みんなの歌』（講談社）、『死刑』（朝日出版社）、『オカルト』（角川書店）、『アは愛国のア』（潮出版）、『たった一つの真実なんてない』（ちくまプリマー新書）、『チャンキ』（新潮社）など。2011年に『A3』（集英社）が講談社ノンフィクション賞を受賞。2012年にはドキュメンタリー映画『311』を発表。2016年には新作映画『Fake』を発表。

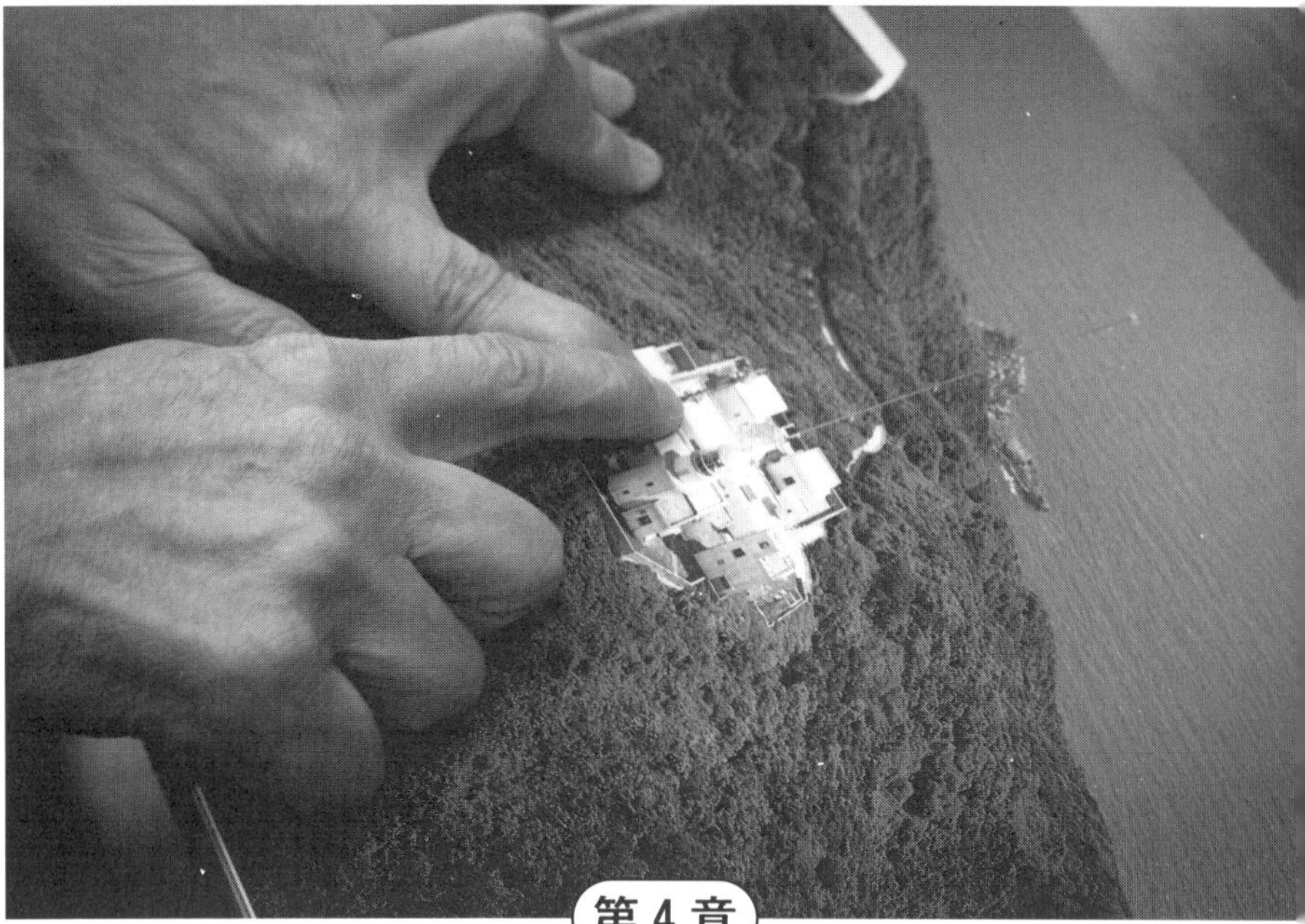

第４章

変わる、変える

東京・池袋の「文芸坐」は平成9年、40年余りの歴史に幕を下ろした。その名画座が「新文芸坐」として復活したのは、20世紀最後の2000年＝平成12年だった。文芸坐時代からここで働く支配人の男性は「映画が人生でした」と言う。「映画が観たくて上京したんです。九州出身なんですが、地元じゃハリウッドの大作はやっても、ゴダールとかトリュフォーなんかはかからない。上京して初めて観たのはヴィスコンティの『熊座の淡き星影』。夢のヴィスコンティ、夢の岩波ホール」。時代が進み、フィルムからデジタルになっても映画への夢は終わらない。

時代とともに姿は変わる。でも、その中身は変わらない――。この章ではそんな6人が登場する。

どこにでもある映画館が、特別な場に変容する瞬間があるんです

東京・池袋

「新文芸坐」の支配人 矢田庸一郎さん（55）

平成の時代に閉館し、再び開館した名画座が東京・池袋にある。昭和31年開館の「文芸坐」。平成9年に閉じ、20世紀最後の2000年＝平成12年に「新文芸坐」に生まれ変わった。矢田庸一郎さんは2代目の支配人だ。

「閉館の理由は老朽化ですね。跡地に建った、パチンコホールを運営するマルハンの会長が文化に

新文芸坐の入り口。朝10時台の上映を前に、9時過ぎから列ができる

造詣の深い人で、『文芸坐を残していかなきゃいけない』と。私は、閉館時の支配人から『復活するから待っててくれ』と聞いてて、他の映画館でアルバイトしたり、情報誌の創刊に参加したりしてました」

「新しいビルができて、中を見せてもらったときには感慨がありましたね。映画館できたんだ、と。前は独立した建物で、趣のある、威風堂々とした映画館だったんですよ。打って変わってビルのテナントになって、『ここに映画館入ってるんだ?』みたいな感じなんですけど、設備がすごく良くなりました。シネコンが登場したころで、設備やサービスが重要視されるようになってきてましたから、偶然ですけど、時代の波に乗れたと思います」

人生は映画だった。

「映画が観たくて上京したんです。九州出身なんですが、地元じゃハリウッドの大作はやってても、ゴダールとかトリュフォーなんかはかからない。上京して初めて観たのはヴィスコンティの『熊座の淡き星影』。夢のヴィスコンティ、夢の岩波ホール。ビデオもない時代ですから、今観とかないといつ観られるか分からないっていう切実感がありました」

「文芸坐にも通ってて。高倉健さん特集とか。あるとき従業員募集の貼り紙があって。すぐ履歴書を買って、出しましたよ。そのときは大学を中退してたんですね、私。映画ばっかり観てたんで。普通は映画を作る仕事をしようとするわけなんですよ。日本映画学校を受験もして、ほとんど入りかけてたんですけど、文芸坐に勢いで入っちゃった。人生変わったのかな、そこで。ポスターを貼ったり、自動販売機のお金を数えたり。そういうところから始まって、20年経って支配人になった。20代から通っていた映画館で、映画に関わる仕事ができて、そりゃあうれしいですよ。映画館ならどこでもいいわけじゃない」

フィルム映画には100年以上の歴史がある。2000年代になると、そこにもデジタル化の大波が押し寄せた。

「私の経験で一番大きいのは、デジタル映写機を入れたことです。2013年。フィルムの時代が終わるなんて、思ってもみなかった。不安な日々でしたよ。デジタル映写機は高額で、小さい映画館ではなかなか投資を回収できません。導入したらしたで、パソコンみたいに突然フリーズしたり。オールナイト上映のときに止まったことがあって、技師が24時間対応の機材屋さんに電話を掛けたんですが、電話対応はしてくれても、夜中に来てはくれない。お客さんも帰れないし。別のプロジェクターでブルーレイを上映して、なんとか解決しましたが」

デジタル化に伴い、旧作を上映する名画座ゆえの悩みがある。

「たかだか30年前の作品が、当時と同じ環境では上映できなかったりするんですよ。それも、日本全国で公開して、スターが出演したようなメジャーな作品が。フィルム

新文芸坐の客席で。

はどんどん劣化しますから、劣化したのは処分するんですね。昔は映画会社が新しいのを焼いてくれたりしたのですが……。映画の上映用デジタル素材をDCPっていうんですけど、そもそも旧作でDCP化される作品が少ない。上映する素材が先細りになっていってるんです。DCP化された作品でも、色の補修とか修復具合にばらつきがあって。ごくわずかに、黒澤とか小津とか、世界的にも著名な映画作家の作品は、お金と時間をかけて修復してあるんですが。名画座っていうくらいだから、古い映画をいっぱいやってお客さんに観ていただきたいわけなんですけどね」

「2017年に大林宣彦監督が『花筐／HANAGATAMI』っていう新作を作って、若いころの作品から網羅した上映会をやりました。監督はがんが進行してると聞いてたんですけど、来てくださって。秋吉久美子さんとかいろんな方が応援に駆け付けてくれた。奥さんと娘さんも、スタッフもファンも。みんなで『がんばれ！』って声援を送るような会で。あぁ、興行の仕事をやってきてよかった、と。興行は、言ってしまえば届けられた作品を上映するだけで、映画を作ってるわけじゃない。でも、お客さんが作品に出合って、感動したり涙したりする場は映画館。どこにでもある映画館が、特別な場に変容する瞬間があるんですよ。それに立ち会えるのが私の喜びです」

（文：塚原沙耶、撮影：岡本隆史）

誰かの役に立っていると、当時はなかなか思えなくて

元灯台守　濱野満さん（60）

長崎県

日本最後の有人灯台だった長崎県の女島灯台が2006年12月、無人化された。濱野満さんはそこで灯台守として、海を照らしてきた一人だ。

「女島が自動化すると聞いたとき、よかったと思いました。すごくよかったと。寂しいとは思わないんです。人がいなくなるのは、個人的には、本当にいいと思いました。時代を経て、変わっていくのは仕方がない。私は滞在でしたが、その前は

島という島の灯台はほとんど行き尽くした

家族で住んでいたんですよね。当時から、時代に合わせて灯台も変わってきたんです。滞在箇所の解消の話はありました」

「女島灯台は東シナ海にあって、いろんな意味合いもあったと思います。以前から灯台で、中国漁船とかサンゴ漁船の監視をしていて、私たちがおるときも中国船とか台湾船が来てました」

灯台は海を照らすだけではない。

「女島の勤務は、海上保安学校を出てすぐだったんですよ。昭和58年3月から61年3月まででした。勤務は4人で2週間交代で。女島は（長崎県）五島市から80キロくらいの離島で、船だと5時間くらいかかった」

「1日8時間勤務、当直で3交代なんですよね。灯台の出力調整をしたり、燃料の補給をしたり。それから無線機が24時間動いてますので、それの管理。気象観測もありました。9時、15時、21時、3時に、雲とか気圧とか気温とかを気象庁に送る。船舶気象通報という灯台からの気象の放送もやっていました。当時は1時間に1回の放送で……」

「各局、各局、各局。こちらは女島、女島、女島。海上保安庁が女島灯台の気象状況をお知らせします。時刻13時33分、天気晴れ、西の風3メートル、波の高さ2、うねり1、視程15キロ……こんな感じだったかな。これも2016年に廃止されて、今はホームページになりました。30分に1回、情報が更新される。人が読み上げた方が、そこに人がいるという安心感がある。そういう声はありますね。時代の波って言われればそうなんでしょうけど、すべては網羅できないので、自動化し、職員の厚生もちゃんとなったらいいなと」

離島の灯台。生活は決して楽なものではなかったという。

「自分のご飯なら炊いて、みそ汁でもかけとけば済むんですけど、他人のご飯をつくるのは……きつかったです。魚は釣ったりもしたけど、材料は買っていってました。肉と、野菜と。でも青物は1週間を過ぎるとね……。そうすると、ジャガイモ、ニンジン、タマネギとかそんなもんばかり。フキみたいのはありましたよ。野生のね。ツワブキっていってデカいのが。毎日料理本を見たけど、レシピはあっても材料がありませんから。肉じゃがも、カレーも、シチューも全部同じ材料ですよね。カレーとシチューは何が違うかって、ルーが違うだけですから。雰囲気だけですよね」

「水は灯台の屋根、運用舎の屋根。いたるところから集めて、飲み水のタンクにためてね。洗濯とか掃除用の雑用水はポンプがあって、前浜の井戸からくみ上げた。その井戸、ほぼ塩水なんですよ。水はとにかく貴重。今みたいにミネラルウォーターを持っていくとか、そういうのもなかったんです。離島で病気になったら大変やから、健康には気をつけないかん。けど真水をね、飲んだら下痢をして、1週間以上もどうにもならなかった工事の方もおられました。何の病気になるかも分からない」

「私は灯台守としては、淡々と仕事をしてきた。やっぱり（1勤務で）2週間は長いので、（本土側の同期の）みんなは何をしてるんだろうかという不安のほうが大きかったかもしれない。光を、灯台を守っているから誰かの役に立っているとか、当時はなかなかそこまでは思えなかった」

2年前、久しぶりに女島に上陸した。たった4～5時間の限られた滞在。機械の部品を交換するなど保守管理に当たった。

「いま、灯台の保守管理をする灯台見回り船は第七管区に1隻《そう》しかない。全国でも6隻かな。職員が滞在していた灯台に、行くのが年2回とか3回くらいになると、やっぱり荒れてきますよね。人の手も、お金もかけられない。2～3メートルあった道路が、もうわずか人が一人通れるくらいになってしまう。そんな寂しさもありますけど、毎日あそこにおる意味は、やっぱりなくなってきていると思います。灯台守はいなくなったと言いますけど、私たちは灯台がある限り、灯台を守るという灯台守の仕事はしていきます。やっぱり『目に見える』という安心感もあると思いますので」

（文：西丸尭宏、撮影：藤井ヨシカツ）

村はなくなったけど、清内路は残っとるでね

長野県

最後の清内路村長　桜井久江さん（70）

「平成の大合併」では、3200余りあった市町村の半分近くが消えた。長野県南部の清内路《せいないじ》村もその一つ。平成21年の2009年3月、阿智村と合併して120年の歴史を閉じた。村の名は消えたが、今も山間に565人が暮らす。

「ちょうど10年になるんだな。住民が合併を望んでいたから。合併で村がなくなるというより、どちらかと言うと、存続させていくための希望として、みんなで進んでいって。住民投票も8割以上が賛成。合併協議では厳しいことを言われたけど、反骨精神で、よけい頑張れた。（合併の）協定書に署名したときも、これからが闘いだと思ったね。この地域をどうするか、というね」

「清内路は、合併して正解だったと思うね。不祥事と財政難で、徹底的にどん底だったもんで。夕張が財政破綻したという話も出ていたし、財政再建団体になるんじゃないかって言われていたでね。だから、合併して自立するという意識だったね。財政力とか、マンパワーとか、阿智村の力を借りてでも頑張ろう、と。『そんなばかなことあるか』って、（当時の阿智村長だった）岡庭（一雄）さんには言われたんだけど」

「ここはね、すり鉢の底のようなところばっかの山間へき地でしょう。昭和40年代くらいに産業が変わるまでかな。養蚕や煙草の栽培で、耕地が少ない集落の住居から、山腹の家に移り住んで半年ほど耕作する『出づくり』をしてね。非常に苦労して生きてきたところなんですよ。貧しくても、何はなくても、教育だけは、という村だったの。ところが、財政難で、いろいろ厳しくて教育関係の予算に手をつけて……。それが一番、自分の中では苦しかったね」

合併翌年に閉校した清内路中学校の応援歌の碑

「試練がなかったら、『合併して損した』というようなことを言っとるかもしらん。合併して楽になれると思った自治体はだめなの。合併したら、よけい頑張らんと。そう私は言ってきたの。合併に至る過程で、試行錯誤しながらも、勉強して、さんざん話し合いもしたもんで。（村民は）自分のこととして考えられるようになったんじゃないかな、と思うんだけどね。（行政の規模が）大きくなってくると、（自治は）他人事じゃないですか？　ねえ？　誰かがしてくれるって。あのときは、自分たちがやるしか、やる人はおらなんだ。それが原点」

合併後、地域の暮らしはどうなったのだろう。

「合併の次の年、2010年から村の社会福祉協議会の会長をやっています。同じ年に閉校した中学校に、この冬、デイサービスが移転したんだけど。その開所式で、『ここを拠点に地域振興します』って言っちゃった。ははは。後で考えると、村長のあいさつになっちゃってね。清内路村長という意識は今もあります」

「今年度は子どもが10人くらい生まれるって。私はもう年だけど、その下の年代…どん底のときに苦労した人たちが中核になって頑張ってるね。自分たちでやりましょう、変えていきましょうという『やらまい、かえまい』の取り組みは無駄じゃなかったと思うね。活力がなくなるとか、住民の声が届きにくくなってサービスが低下するとか、300年以上続く手作り花火など伝統文化がなくなるとか……。一切ないね。村はなくなったけど、清内路は残っとるでね」

「平成というのは、いろいろ迷った時代のような気がするね。政府も迷って、いろんなことをしたけども。つくづく、小泉（純一郎）さんの改革って、何だったのかね。どこにいても同じサービスを保障する交付税に手をつけて、弱小の町村はそれでやられちゃって。『合併できなければ消滅してもいい』と言われているのと同じで。『合併

名産の「あかね大根」と

やむなし』という方向に走ったんだけれど、それが本当に正しかったか、どうか、分からんね。清内路の人たちは迷って、合併の判断をしたということだよね。いま考えれば、それオンリーじゃなかったと思うんだけどね」

地域の伝統野菜「あかね大根」で造った焼酎が話題を呼んだ。

「明るい話題がほしいと思って生まれたのが『あかねちゃん』。いくら厳しいときでも、何か楽しいことがないと。『こんなまずい焼酎を造って』ってみんなに言われたけど、13年も続いたもんね。試飲会をしたら、役場中、漬物臭くなっちゃってね。ふふふ。『村長、こんなもの、ただでくれるって言ったっていらんわ』って。あまりにまずいという評判を呼んだもんで、最初のやつは結構売れて」

「新作発表の『焼酎学校』を毎年開いているんだけど、村じゅうから来てくれるようになって。この数年、100人ほど参加者がおるんだに。私（が飲む焼酎）は最初のやつばっかです。清内路の厳しさとかね、汗と涙が混ざった味だもんで。あれが一番の味。うん。滑らっこくしちゃだめだね。清内路の人もそう。一刻あるもんね。あんまり角が取れちゃだめだね」

（文：飯田千歳、撮影：穐吉洋子）

動物園はスーパーマーケットじゃない

北九州市

到津の森公園園長　岩野俊郎さん(70)

「到津《いとうづ》の森公園」は一度消えた動物園だ。西日本鉄道運営の「到津遊園」が2000年に閉園すると、市民の後押しもあって2年後に都市公園として復活。岩野俊郎さんは中断を挟んで半世紀近く動物と一緒にいる。

「いつも動物園のどこにいるかって？　僕、もう、ずーっと机にいる。園内を回るとね、職員にああしろ、こうしろ、となるんで。僕ができるのはべー

園内各所にある手書きの説明板。

スづくり。飼育員には自分の思いを発揮してほしいからね」

「昔と違って、飼育さえできればいい、っていう時代じゃないのね。自分たちの気持ちがお客さんに伝わる方法ってあるじゃない？　手書きのキャプションもだし、ゴミ一つ落とさないというのもそう。写真を撮ったときに、道具を写さないっていうのもそうでしょ。できる限り、お客さんを意識する。それがベースやからね」

前身の施設では、1969年に79万人の入園者を記録した後、減少が続き、長く採算ラインを割っていた。同じく再生を果たした北海道の旭川市旭山動物園の小菅正夫元園長とは盟友だ。

「前身のころは、拡大再生産の時代だったと思うんだよね。動物が割と自由に手に入っていたから、たくさんの動物を集めれば、たくさんの人が来るんだ、って。そう思ってた。だから、大きな動物園、たくさんの動物を持っている園がうらやましかったね」

「1997年に園長になって、その年の12月の初めかな、本社に呼ばれて、『閉めるから』って。（園長に）なって半年だよ。それで、閉園前にコアラを借りてきて展示することにした。珍しい動物や人気のある動物が来れば、何とか盛り返せるっていう意識が僕にもまだあったんだな」

「閉園したときには、自分の考えは正しくなかったって思ったね。実はね、コアラの展示でお客さんが20％ぐらい増えたんだよ。でも、1年後に元に戻ったんだ。あれは1年で返す動物だったけど普通、動物って飼ったらずうっと飼わんといけんじゃん。死ぬまで飼わんといけんけど、（集客）効果があるのは1年だけで、後は下火っていうのは……。そういうやり方はまずいんだっていうことが、コアラではっきり分かった」

「閉園が決まったとき、僕はもう（動物園の仕事は）辞めるつもりだった。山が好きだっ

頭上にも動物。「見せ方」にもこだわる。

たんでね。そのころ、山の近くに西鉄が持ってるホテルがあったから、あそこの支配人いいよなぁ、行かせてくれんかなー、なんてね。（再開後の園長にと）北九州市から話があったとき、えぇー俺？とか思ったもん」

「（旭山動物園を再生させた）小菅たちと違っててね、（閉園や新園長就任の）話は突然だった。新しい動物園構想なんて、自分で持ってなかったんよ。でも、市から計画をもらったときに、もう箱物行政では人は呼べないよって思った。一番大事なのは、小菅たちがあの新しい動物園をつくったときの気持ちをね、こん中に込めることやないかって」

今は約100種、500の動物たちが暮らす園を、

職員34人と運営する。

「僕のやり方は、この動物園をどのように愛してもらえるか、ってこと。全ての階層の人たちにね。カップルとか、男の子同士、女の子同士とか。動物園って、たくさんの商品を入れればいいっていうスーパーマーケットじゃない。対面で仕事をする小売商だね。閉園したとき、市民のね、残してほしいものの半分は動物で、もう半分は緑だった。うちの園内、見て。植物園？　っていうくらい植物が多いでしょ。最近、女性同士とかも多いの。幅広い層に来てもらって、市民の生活の質を上げるのが、今の僕らの目標だね」

（文・撮影：益田美樹）

吹き飛ばされそうな波についていく。そんな感じの30年

個人薬局経営 前田順子さん（61）

名古屋市中村区

「ファーマシー大学堂」はどこの街角にもありそうな薬局だ。薬剤師の前田順子さんは1990（平成2）年からずっと、店頭に立ってきた。平成の最初はミニドラッグストアのようだったという。

「ここは私が生まれる数カ月前、父が創業したんです。私が店に出始めたころ、お薬、化粧品、日用雑貨、ベビー用品からペットフードまで、かなりの種類の商品を置いてて、それを扱うのに忙し

創業当時の様子。この写真は店内に飾ってある

くって。今はバックヤードとなっていますけど、奥まで商品がいっぱい。お薬の相談といっても落ち着いてやる相談ではなくて、『あ、ちょっと膀胱炎？　どんなふう？』ってささっと聞いて、薬もささっと出すみたいな」

「でも、しばらくして、大きなチェーンのドラッグストアが出てくると、とても小さなお店では太刀打ちできない…。逆に、お客様がもっと悩んでいることは何かな、と。商品をいっぱい置くのではなくて、必要なものを置いていけばいいんだって考えを変えました」

東海地区を中心とした約2000の個人薬局・薬店などでつくる「薬のグリーン会」で役員を務め、〝地域のくすり屋さん〟にできることを長年、考

えてきた。

「『相談できる　くすりやの文化をつなごう』がスローガンの団体です。初めて行ったときは、製薬会社の人が講師の勉強会でした。個人薬局が、直接メーカーに質問する機会ってなかなかないんですよ。すぐに疑問に答えてもらえて、これはいい！　と」

「その集まりでも、話題は変化しましたね。平成の初めのころは、たくさんある商品を、どうご紹介していこうかという、モノの話が多かった。最近は、お客様の健康のために、どういう勉強をすればいいんだろうね、と。今のお客様は、個人の薬屋さんにモノを買うのではなく、健康や家庭のことなどを相談しに来ているから。心の問題をケアするという部分も半分以上ありますしね」

2018年秋、ある決断をした。平成の終わる直前の2019年2月に、調剤はしない「薬屋さん」（店舗販売業）に業態を変える。

「元号が変わるって、すごく大きなことですよね。あと数カ月。だったら、それまでになるべく、いろんな荷物は少なくして……。そう思っていたら、近い将来やめようと思っていた調剤が（ある事情で）やめざるを得ない状況になって。ここでやめた方が経営的にも楽だ、と」

「父が創業したときのお店の名前、昭和大学堂薬局っていうんですが、昭和って付いてますよね。この辺りのお店は、昭和クリーニングとか昭和温泉とか、なんか、みんな昭和が付いていたんですよ。屋号に。流行りだったのかな。で、平成2年に私が（この店に）入ったときに『平成になってるのに昭和というのはねぇ』って、私が勝手に店名を変えてしまったんです。『大学堂は残そうね』となったんですけど。だからか、元号って意識しちゃうんですよね」

「平成の最初に比べると、国の政策も大きく変わりましたね。医療費の負担が上がって、自分でできることは自分でしなさい、みたいな風潮が帰ってきたり。たった30年の間に、もう吹き飛ばされそうないろんな波が来て、家業としての薬屋を成り立たせるために何とかついていく、という感じだったですね」

街角に立つ「ファーマシー大学堂」。この小さな店も時代の波に洗われている

「でも、亡くなった父がよく言ってたんです。『商売はあきない（商い・飽きない）』と。『これはうちの商売なんだから、飽きずに地道にやっていかなきゃ』って。新しい元号になっても世の中に応じて変化して、お客様の健康とその先の幸せを応援出来たらと思っています」

（文・撮影：益田美樹）

日本メーカーは太刀打ちできなくなった

「一太郎」開発者、現 MetaMoJi 代表取締役社長
浮川和宣さん（61）

東京都

昭和末期、未熟だったパソコンの日本語化に取り組んだ人々がいた。その1人、浮川和宣さんは1979年に徳島県でジャストシステムを起業し、ワープロソフト「一太郎」や日本語入力ソフト「ATOK」を開発した。一太郎は、90年代にシェア8割に達したこともある。

「アメリカの企業はパソコンを英語以外で利用す

ジャストシステムはプログラマーでもある妻・初子さんと二人三脚でつくり上げた会社だった

ることなど考えたこともないし、技術的に面倒なので、国内大手ですら日本語処理を避けていた。だから、徳島にある小さな会社に注目が集まったんです」

「当時、企業にはワープロや和文タイプライターが、部署に1台しかありませんでした。紙に書いたものを『清書する道具』に過ぎなかったので、それで良かったんです。でも、それは間違ってます。パソコンは、必ず『1人1台』の時代が来る。そうすると、清書の道具ではなくなる。紙を目の前にして文章を考えるように、人々はパソコンの前で考えながら文章を書くはず。ならば、どうすると使い勝手が良くなるのだろうか……。そう考えながら開発を進めていきました」

平成に入り、パソコンの普及は加速する。起爆剤はノートパソコンの登場だ。東芝が原型を作りあげると、それにNECなどの日本メーカーが続く。

「カッコいい車が街中を走れば、それ自体が宣伝になりますよね。ノートパソコンも同じ。みんなが持ちたがって、すぐに主流になると確信していました。特に日本メーカーの製品は精緻《せいち》で、製造品質も良かった。当時、高品質なノートパソコンは日本メーカーの独壇場。それを、企業内の個人が自分のための道具として買い、熱狂的に支持していた。何も上から与えられたわけじゃないんです」

その時期も長くは続かない。90年代後半になりパソコンが企業に普及していくと、日本メーカーの存在感は薄れていく。

「国産より、大量に作られる海外メーカー製パソコンが圧倒的に割安だったんです。また、マイクロソフトが、パソコンに『Ｗｏｒｄ』をバンドルするようになったことが、一太郎にとって痛かった。企業側としては、コスト的に有利なＷｏｒｄのほうが良かったようです。パソコンが会社から渡されるものになっていくと、コスト第一に

現在は手書き入力ソフトの開発を行っている

なってしまう。日本メーカーは、数の論理に太刀打ちできなくなったんです」

現在、浮川さんはジャストシステムを離れている。作っているのは、また「日本語入力」だ。

「海外に出ていかねば、と思い先行投資をしましたが、結果が出なかった。責任を問われても仕方ありません。一太郎の機能向上も限界を感じ、使っている人々の顔も見えにくくなったため、興味が薄れたところもあります。結果として、携帯電話での文字入力にあまり関われなかったのは、反省材料です。現在はｉＰａｄなどでペン入力を使い、文字入力や文書作成を行うアプリのビジネスをしています。一太郎を作っていたときより、今が楽しいですよ。使っている人々の顔が見え、『このアプリがいい』と言っていただけますから。誰にとっても80点のソフトはつまらない。特定の人向けでも、100点だと思ってもらえるものを作るほうが、やりがいを感じます」

（文：西田宗千佳、撮影：菊地健志）

第５章

語り継ぎたい

大地震や豪雨といった災害、信頼していた交通機関の事故、根深い差別、破滅的な戦争……。こうした出来事は、いつも思わぬかたちで人々を襲い、その後も長く当事者らを苦しめる。

この第5章では、そうした女性3人、男性2人が「あの日とその後」を語る。御巣鷹山に墜落した日航機事故で息子を亡くした母親。国の差別・隔離政策にほんろうされてきた元ハンセン病患者。長崎の原爆被爆者。郷里の鹿児島で空襲などを経験した戦争経験者。そして阪神・淡路大震災で遺児となった男性。

「阪神」を除けば、出来事そのものは昭和に起きた。それでも彼ら彼女らは語り継がずにはいられない。「平成」が終わっても、その姿勢に変わりはない。

なぜなのか。答えはそれぞれの語りの中にある。

これからもきっと、見守ってくれている

東京都

8・12連絡会　美谷島邦子さん（72）

1985年8月12日。日本航空の旅客機が群馬県・御巣鷹山に墜落、520人が犠牲となった。美谷島さんは次男・健君（当時9）を亡くし、遺族で作る8・12連絡会で事務局長を務めている。

「連絡会を立ち上げたのは、事故の年の12月です。今みたいにメールがない時代でしたから、遺族には手紙で連絡して。最初に集まったとき、ほとんどの人が泣いていました。でも事故から4ヶ月が

連絡会の会報「おすたか」。2018年7月で108号を迎えた

過ぎていましたから、『前を向くための会にしよう』『私たちはもう遺族って言われたくない、だから遺族会という文字は外そう』と。それで『8・12連絡会』という名前になりました」

「それまで会ったこともないのに、もう一生分知っているくらいに、お互い涙を流しながらやってきました。遺族の手紙を編集して『茜雲』という文集を作ったり、会報を作ってきました。灯籠流しや、毎年の山頂での慰霊行事もして。空の安全を促したいという気持ちで、国や企業に要望書も出してきました。街頭で署名活動をして国に持って行ったり、講演をしたり。私たちが伝えていかないと、何も理解してもらえないと思って」

次男・健君のことを語れるようになったのは、30

年が経ってからだという。

「私は事務局長ですから、どうしてもメディアの方に取材受ける機会が多かったんです。でも健の話はしないことにしていました。話すと、涙がすぐに溢れるので。刑事告訴をしたとき、検察庁でメディアに囲まれて『どなたを亡くされましたか』と聞かれたんですが、もうそれだけで、〝ダァー〟と涙が出て、トイレに駆け込みました。そんな自分が本当に情けなくて。それからは健のことと連絡会のことは分けると決めました。講演するときも、健の話は極力触れないできました。でも、4年前に地元で講演したときに、友だちから『あなた自身はどうだったのか、それを聞きたい』と言われて。すごく勇気が要ったんですが、そこから少しずつ健ことを話すようになりました」

「『健ちゃんは、乗り物の好きな子でした。電車や飛行機の図鑑を離さないような子でした。25メートル泳げるようにもなり、冒険の旅をさせてやりたくて。叔父さんのいる大阪まで一人で。私は羽田で機影が見えなくなるまで見送って……』と」

「悲しみは、乗り越えるものじゃない。一緒に生きてくものだと思いました」

事故後の30年間、JR福知山線の脱線事故や東日本大震災など、多くの遺族と交流を重ねてきた。

「最近だと御嶽山の噴火災害とか、軽井沢のバス事故とか。皆さん『ちょっと聞きたいことがあって』と連絡をくださって。家族を亡くして、これからどう生きていくか、どう遺族がまとまっていくか、悩んでいる。それを語れる場所と仲間がいないと、孤独です。悲しみって人を繋ぐんだなって思いました。でも自分の中にある悲しみって、自分自身でしか向き合えないんですよ。ずっと悲しみに向き合っていると、自分の中から光みたいなものが見えてくる。でもその光は、自分の心の中から出てくるものでない限りは、歩いていけない。そこから這い上がるのは自分でしかないと思ったとき、悲しみは、乗り越えるものじゃないと思いましたね。悲しみと一緒に生きてくものだと思いました」

「そのとき、仲間がいたというのは大きかったと思います。同じ時間を共有できる人。言葉はなくても、そこにいてくれるだけでいい。そういう人がそばにいてくれたときに、自分から、一歩、悲しみに向かって歩けるっていうかな。今、御巣鷹山にはいろんな事故や災害のご遺族が登っています。皆さん自分の大事な人を胸に抱いて、一歩一歩登っていくんですよね。その人と語りながら。前を見たら、同じように時を過ごしてきた人が歩いている。あの人は10年目、この人は20年目って、自分に重なる。何かそこで集会をするつもりもないんですけど、自然とその存在に助けられ、勇気が出ることがあるんです」

「このあいだ神戸で結婚式に呼ばれたんですよ、遺族の子供の。それってすごいと思う。みんなでそれを祝福できて。あの事故がなかったらそんな出会いもなかった。悲しみからもらう力っていうのかな。私も34年間で、本当にいろんな人にそれを頂いたなって。感謝ですね」

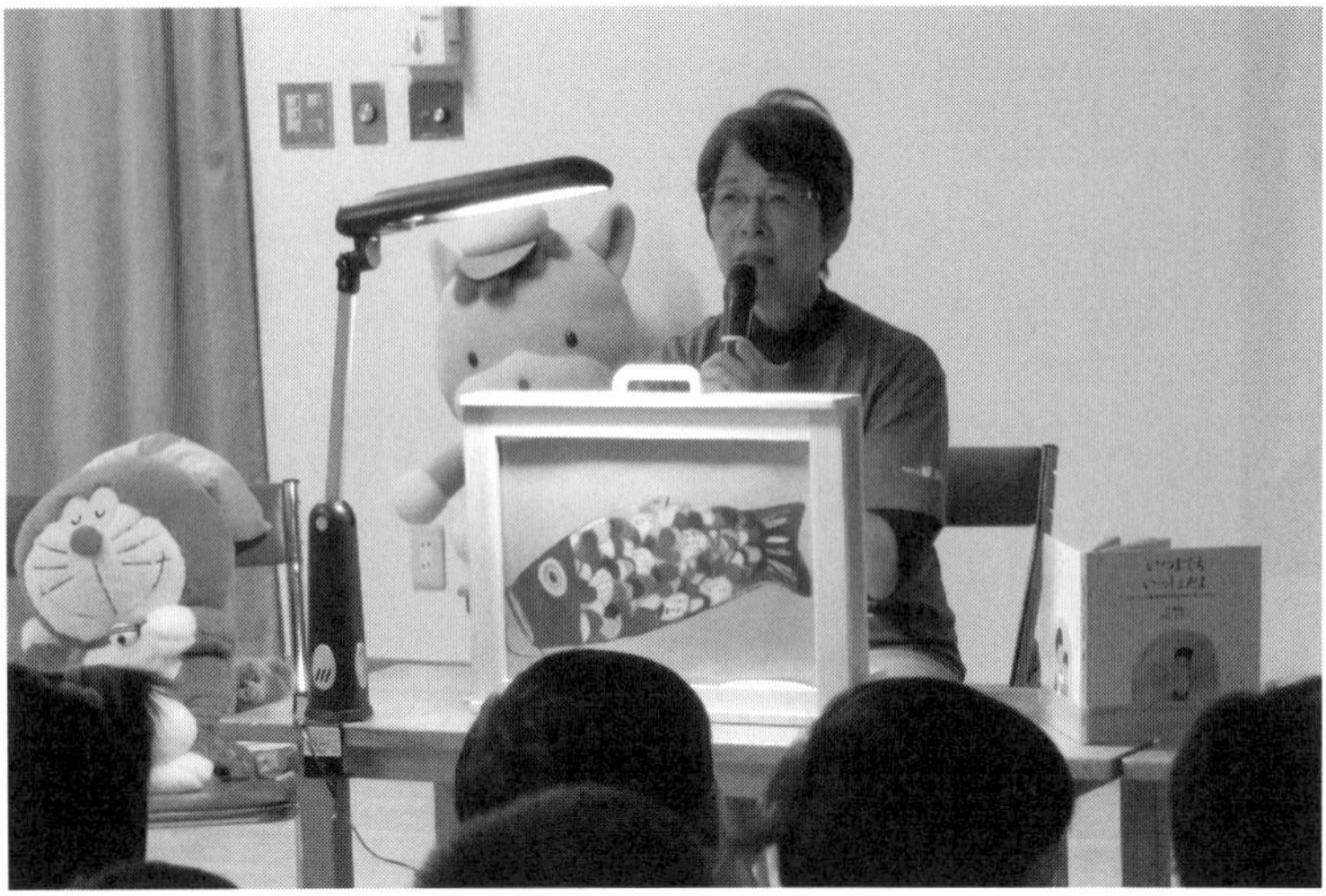

幼稚園で「いのちの授業」をする（写真提供：美谷島邦子さん）

この数年は、子どもたちに向けた講演会に力を入れている。

「子どもたちに『死』を語るのってハードルが高いんですよ。死が身近でなくなったでしょ？　お爺ちゃんお婆ちゃんを自宅で看取ることもなくて。ここ3年ぐらい、小学生たちを御巣鷹山に連れていっています。親も一緒に。そこで親が子どもと話し合うきっかけにしてほしいんです。命って一つしかないことを、感じて欲しい。昔から『悲しくても涙を見せるな』なんて言われたりもするけれど、本当は、我慢はしなくてもいい。子どもたちには、悲しみをきちんと胸の中に収める力をつけて欲しいし、それができれば、誰かが悲しみを抱えたときに寄り添えると思うんです」

「事故とか死って、自分には関係ない、起きない方がいい。みんなそう思うけど、でも事故は起きるんですよね。でも他人事になってしまっている。社会全体として、死とか悲しみとの向き合い方がどんどん遠くなっているように感じます」

命が守られるよう、「安全」を願い続けている。

「インフラの老朽化もあるし、自然災害も増えている。労働力の確保も大変な新しいステージの中で、安全をどう確保するのか。『経済性や効率性より人の命を大事にしなきゃいけない』って、みんな頭では分かっている。一人ひとりが何をすればいいのかというところまで、繋がって欲しいと思います」

「安全を支えるのに一番必要なのは、個人の仕事に対する誇りなんですよね。最近講演会をやると、終わってから新幹線の運転士さんなんかが寄ってきてくれるんですよ。『僕2歳の子がいるんです』なんて話してくれて。そういう人たちが、身近な人の命と重ねながら話してくれるとき、『あぁ、健はこの人たちの中に生きているんだな』って感じるんです。それが、幸せっていうか。健のこと、話してよかったなって」

「健が、羽田で最後に言ったのが、『ママ一人で帰れる?』って言葉でしたけど、30年振り返ってみると、私はずっと迷い続けてきましたね……。でも健はそういう私を、ずっと見ていてくれて。これからもきっと、見守ってくれている」

(文・撮影:廣瀬正樹)

孫娘が「ばあちゃん、差別する側が間違っている」って

沖縄県うるま市

ハンセン病回復者　金城幸子さん（77）

神経の麻痺や皮膚の斑を引き起こすハンセン病はかつて、「不治の病」「簡単に感染する」と恐れられ、患者への強い差別があった。金城幸子さんは養母のもとや療養所で育ち、昭和と平成を生き抜いた。

「（ハンセン病の）両親は台湾に行って、旅館を借りて生活。症状が悪くなった母は療養所に入ることになるんです。父は台湾の市役所で働いたときに後妻となる人と恋愛して、母は捨てられたわけですよ。私は、沖縄の父の実家に戻されて。祖母は、私を那覇のハンセン病の人たちのたまり場に捨てたようです。そこで、カミンチュ（神に仕える人）に拾われて、育ての母と出会いました」

「8歳のころに発症。頬がリンゴみたいに腫れ上がっていました。育ての母は血を出せば治ると思って、腫れ上がっているところを切るんですけど、迷信だったわけ。わけの分からない皮膚病は、昔はそうしてた。麻痺しているから切られても（痛みも）なんともない。腕もみんなコブで、全部膨れて。療養所（沖縄愛楽園）に来て、プロミン（ハンセン病の薬）で、あの腫れは今の状態になったわけ」

病気を隠したまま就職し、27歳で結婚した。夫にも病気のことを言えず、10年。そして告白する。

「離婚覚悟で『あのね〜、あのね〜』って言い出してから、何分かかったか分かりません。『早く言え！』って（夫が）せかすから、私の病気のことを言いました。そのときはすごく優しい言葉で『おまえも苦労しただろうな』って言ってくれて」

腫れていた頬をさする

「ずーっと不安でした。（病気のことが）子どもたちの学校でバレはしないかって、逃亡者のような気持ちで、ビクビクして。息子が2回め（の挑戦）で琉球大に合格した。あの当時はテレビに（合格者の）名前が出るんですよ。そうすると、私のことがバレて、息子の大学合格が取り消しになるんじゃないかって不安で」

「平成」は、金城さんにとって裁判の時代だった。ハンセン病患者を社会から隔離する「らい予防法」について、治る病気だと分かった後も法律をそのまま放置した責任を国に問う訴訟。1998年の提訴後、金城さんも原告に加わり、元ハンセン病患者として名前も顔も公表した。

「(弁護団の弁護士に)『金城さんの病気、治っていますよ』と言われたとき、本当に金属バットでガーンと打たれたみたいに真っ白になったよね。『先生、ここ(手首)からここ(肩)まで全部麻痺だよ。治っていないでしょ』『これは後遺症。病気は治っているよ』って。悔しくて、もう……。58歳ですよ。あのときまで自分にも『治らない』『嫌われて当然』『両親が病気。遺伝病だ』という思いがありましたよね。そんなか、死に物狂いで子どもたちを守って、揚げ句の果て簡単に『治っていた』と言われて。本当は、医者が『治った』って言うべきなのに、言ってくれなかった」

「その後、大声で叫んでましたよ。『今、愛楽園に住んでいるおじいちゃん、おばあちゃんの人生は?』って。その先生(弁護士)に言われましたよ、『それ(を取り戻すの)が裁判なんです』って」

訴訟を機に、名前も顔も公表した。

「(公表して)親戚は全て離れていきましたよ。結婚式には一度も呼ばれたことないし……。そ、こんなです、まだ。腹違いの弟がいて、私の長男の結婚式まで来てくれて、『ねえさん、ねえさん』と良くしていたのに、（訴訟関係の）新聞を見て『あの新聞に出ているの、ねえさんだろ』と電話が来た。『そうだよ』と言ったら、『もう、これから電話しないでくれ』って。それが最後。そうなると、家族っていったい何だろうなって」

「でも、自分の（近くにいる）家族のこと、たいへん素敵だと思っているんですよ。絆がバッチリできている。（孫娘の）光彩が中学校か高校だったか覚えていないけど『治った病気なんでしょ、ばあちゃん。差別する側が間違っている。自分たちの家族は普通なんだよ』って。考えてみたら、全国で家族、孫まで表に名乗り出たのは自分の家族しかいないと思うんですよ」

「私は、家族の後押しが力になった。社会復帰者の人たちが表に出てこられないのは、家族との間に壁があるからじゃないかな。だから、自分が変わることが一番大事だよ。私たちは皆、年なので、あす、あさっては天国に行くかもしれない。でも、子や孫たちの未来を考えたならば、絶対に自分の生きてきた歴史をきちんと堂々と話して。『私は元ハンセン病でしたよ』って。子どもたちはその後ろ姿を見るから」

出会った子どもたちから寄せられた色紙

2002年以降、金城さんは中学・高校で自分の体験を話したり、自身をモデルにした舞台に立ったりしてきた。

「(2018年12月の)この舞台で(舞台も講演も)最後にします。後輩に後継ぎもできたので。私は元気なうちに、療養所の中に閉じ込められて精神を病んだ人たちに寄り添っておしゃべりしたい。残り少ない人生を送っている園内の人たち、みんな、ほとんどが家族から見放されている。残り少ない人生、少しでもそういう方たちに寄り添えるようにしていければな、と思って」

(文・撮影:当銘寿夫(橋本江))

被ばく者の写真を見せないでくれ、という学校もある

長崎市

原爆の語り部　森口貢さん（82）

長崎への原爆投下の約10日後、森口貢さんは長崎へ入り、被ばくした。当時8歳。戦後は長崎で教師に。引退後、「長崎の証言の会」で被ばく者の証言を集め、自身も語り部として活動してきた。

「会での私の活動は、もう20何年になります。若い方、修学旅行生を平和公園に案内したりとか。相当な人に伝えたと思うんですけどね。5000人、もっと多いかもしれない。もうこの歳だから、ひどく疲れますね。歩くのが少々きつくなりました」

「学生たちの変化？　ありますよ。最初のころはね、まだみなさん、『おじいちゃんもそうだった』とか。家族から聞いていたからある程度の知識があるし、なんとなく話が通じたんですよ。ある程度身近なものとして理解してくれていた。最近はそれが少なくなりました。極端に。周りで戦争経験した人がほとんどいなくなったんでしょうね。話しても、『へー、そういうのがあったの』って。別の世界みたいに感じてらっしゃるんでしょうね」

「学校に話しに行きますとね、（原爆投下直後の被ばく者の）こんな写真、見せないでくれって言うんですよ、学校は。子どもたちが怖がるから、夢に見るから、と。『じゃあ平和とは何？』って聞くと、『優しくすることでしょ』『動物をかわいがることでしょ』くらいしか言わない人もいますよ。もう全くね、戦争の非人間性を理解しようとしない。確かに考えてみると、4分の3世紀過ぎましたからね。もうすぐ1世紀ですよ」

「例えば広島の平和資料館、リニューアルしたでしょ？　長崎の原爆資料館もそうなん

「若者たちも戦争や平和に興味がある。足りないのはそれを考えるための機会」

ですけど、皆さん、『前のほうがすごかった』って言うんですよ。なんかね、ひどく安易になって、厳しさというか、人に訴えるものがなくなって」

2014年、修学旅行生に「死に損ない」と言われた。

「最初から聞く耳を持たない感じで。私がちょっと注意したら、その子たちが団体から外れて、私のところに戻ってきて、『この死に損ない』とかなんとか。最初は私も腹が立ったんです。でもその後、『そうか』と。この子たちの言い分をね、もっとしっかり聞いていかないといけないと。今まで私たちの話は、押さえつけみたいで、一方通行で。そうじゃなくて、子どもたちの考えを聞いて、ディスカッションしながら伝えないといけない、と。

それは私の反省なんです」

「（２０１８年）８月15日に、ＮＨＫの番組に出たんですよ。アバターっていうんですか？　私が人形になって、タレントの方や若い人と一緒に戦争と平和ということで話して。１時間の番組だったんですけど、ＳＮＳですか、あれで１万５０００件、質問が来ましたから。皆さん真面目ですよ。若者たちだって、戦争や平和を本気で考えてみたいと思ってると思うんですよ。でもそういう機会がね、いま、日本に少なくなってると思うんです」

「戦時中ね、小児まひで体の弱い子がいたんですよ。先生を含めた大人がね、『おまえたちは日本の役に立たん』と言っていじめてた。私、横でそれ見ていて、本当に嫌でしたね。なんてかわいそうだろうと。今だって若い人たち、周りにいろんな子がいますよね。どうなんでしょう。『なんだこいつは』と一緒になっていじめるのかな。人間、どういう生き方をすればいいのか、子どもたちに何をどう伝えたらいいのか、被ばく体験の生々しさを伝える以上に、それを考えてるんですよ」

近頃のニュースに、思うことがあると言う。

「突然車でね、繁華街の真ん中暴走してみたり、ちょっと暴れてみたり。本当、分からないですよ。相手を思いやることがなぜできないのか。それが今ひどく目に付くんですよね。『俺の知ったことじゃない』って考え方がはびこったのが現在じゃないか、と。『とりあえず平和って言っておかなきゃ』って、表だけの平和であって、平和っていうものをしっかり考えてこなかった時代だと思いますよ」

「時代が変化して、便利になって。いろんな機械ができて。でもそれに振り回されちゃって、自分という人間として何かを考えることができなくなってきたなと。私たちが生きるこの社会、時代を、どうすればいいのか。表だけじゃなくて、本当に心底、みんなが考えてほしい。『戦争がなければ平和だ』って、そんな簡単なものじゃない。原爆で何人死んだとか、知識じゃないんですよ。大事なのは気持ち。自分ならそのときどうできるか、気持ちを伴って想像していくことが平和の始まりなんです」

「会では、被ばく者の証言を集めて証言集作ってます。今800部刷ってます。前は

2000部くらいパッと売れたんですけどね、今売れないですよ。ぐっと減りました。それでもなんとか、発行していかないと」

（文・撮影：廣瀬正樹）

みんな、あんぽんたんみたいな、こんな時代がありがたいのよ

戦争経験世代　岡田節子さん（86）

神戸市

敗戦から73年が過ぎ、人口の8割以上は戦後生まれになった。戦争経験世代の岡田節子さんは10代のとき、郷里・鹿児島県で空襲に遭った。

「（戦争中のことは周囲に）あんまり話さんね。もうね、そういう時代は過ぎてるのよ。70年経ってごらん。なぁ？　みんな亡くなった。おととしくらいまで（小学校の）同窓会があったけど、もうない。もう、よぼよぼ。もう死んだのよ、みんな。

1人おる友だちも電話に出られんようになった」

「(今の若い人は) みんな、あんぽんたんみたいなね。こんな時代がありがたいのよ。なんちゅうかな、切羽詰まった感じがないでしょ。昭和の時代は戦争があって、負けて、逃げ回って」

鹿児島空襲は死者3329人、負傷者4633人。

「みんな、負けるなんて思ってへん。米軍は焼夷弾を落とすから、わっと燃えた。防空壕はあったけど、お父さんが『危ない』と言って、みんなで山に逃げたの。夜が明けたら全部焼けてた。防空壕に入ってたら、家族7人みんな死んでた。(父は) 明くる年の4月に死んだ。48歳。今で考えると若いよな」

「教科書は2人に1冊。勉強した記憶はないわ。勉強よか、食べ物よ。学校では、みんな畑に行きよったの。校庭を畑にしてた。イモ作りやな。肥料がないからって、馬の糞拾いに行ったり。意味があったんかな、と思うで。戦争に負けて、また授業始まっ

若いころの写真はあまりない

たけど、1年下のいとこ、おじさんと3人で家を借りて、薪割って自炊。勉強どころじゃないのよ。何しよったんじゃろな？　おかず、何食べよったんじゃろ？」

看護師になり、25歳で結婚して神戸へ。2人の子どもを育てた。昭和と平成を駆け抜け、今は88歳の夫と2人で暮らす。

「昔は看護師の地位が上でなくて。でも看護師、面白かった。毎日、四つくらいアッペ（虫垂炎の手術）があったもん。人が腹切られて……面白いと思わへん？　ケガや結核も多かった。栄養状態が悪かったの。入院が30人くらいおった。朝5時から起きて、ずーっと忙しかったね。今みたいにモノがないから、ガーゼも洗って消毒してまた使

「毎朝ご飯もあげるし、水は替えるし。ご先祖大事にするから、幸せでおれるのよ」

う。（看護師も）6畳に4人くらいで寝てた。夜中に寒くなると、人の布団を引っ張るわけよ」

「（平成時代は）なんか、人情が薄くなった。いろんな意味でドライ。満ち足りてるから助け合いの精神がなくなった。昔は隣と差し入れ合ったりしてたもん。歩き方でもそうやんか。おばあさんがおっても、さっさっさと行ったりな。私は、どうぞ先に行ってください、っちゅうて、よけるけど。それに（個人の商店では）もう売れないのね。近所の八百屋さんも兄弟2人で経営してたのに、1人は郵便配達しとるもん。食うていかれんって言うてな」

「這うようにして暮らしてきたけど、（今は）健康で、おいしいもの食べれて。ちょっと、べっぴんに足らんくらいやな。私、友だち多いから。（友だちに）柿の葉のおすしを送ったら、その（すし店の）前通るたび、店員が私に抱きつくねん。送った先の人からも、お米が10キロ来たの。やったりとったりが情。（物をあげたら）喜ぶやね？『そごう』の子たちなんか、みんな友だちよ。飴、喜ぶよ。大概、飴を持って歩く。もう鹿児島を出て60年なるんや。大阪のおばちゃんやで」

（文・撮影：田之上裕美）

「さよなら」以上の「はじめまして」があった

阪神・淡路大震災遺児、会社員　中埜翔太さん（27）

神戸市

阪神・淡路大震災の起きた1995（平成7）年1月17日、中埜翔太さんは3歳だった。祖母の家で被災し、母親を亡くした。27歳の今もあの朝を鮮明に覚えている。

「朝5時46分が震災の時間なんですけど、僕、お母さんと起きてて。木造の2階建ての1階台所で（母方の）おばあちゃんが朝ごはんの支度をしてくれてて、その光景も浮かぶんです。ちゃぶ台が

母との写真。中埜さんは小さかった

あって母親がそこに座ってたことも覚えてる。ただ、母親の顔だけがその記憶からなくて」

「僕、カレーパンマンの人形を持ってたんかな。人形の頭の上にプラスチックのフックみたいなのがついてて、それが無性に子供心に、カレーパンマンの頭にこんなんがついてるはずないって思って、おばあちゃんにハサミで切ってほしかった。台所に走っていって、『これ切って』っていう話をしてたら、一気に揺れがきて。3歳なんで、何が起きたんかも分からへんし、ただただ怖いなって」

「そしたらみるみる天井から砂がバアッと降ってきて、身動き取れない状態に一瞬でなった。赤土のにおいかな、独特の土のにおいが今も鼻に残ってて。今も街で似たようなにおいがすると、記憶がよみがえるんです。ほんまに一つも光がない状態で、体も動かへんし、すごく怖くて。おばあちゃんの声が聞こえて、僕に『耳ある？　鼻ある？　目ある？』って」

「そっから、どれくらいの時間が実際経ったかわからないんですけど、真っ暗で一つも光がなかったんで、太陽がほんまいきなり光ったみたいに光って、まぶしいっと思って上を見たら、仕事場から走ってきてくれたお父さんが、いつもの灰色の作業着で上から叫んでて、引き上げてもらった」

「あしなが育英会」によると、中埜さんのように親を亡くした遺児はこの震災だけで573人。中埜さんを支えたのは、第一に祖母。そして、同育英会が運営する震災遺児の心のケア施設「神戸レインボーハウス」だった。

「僕は父方のおばあちゃんに引き取られて、そのときから母親代わりですね。まだおばあちゃんも結構若くて、50歳。『4人育ててきたし、5人目くらいいけるやろ』って。まじで、こんなありか、ってくらい自由でしたね。週末や大きな休みには旅行に連れ

神戸レインボーハウス。遊び道具がたくさんある

ていってくれて。『両親ご健在の家庭と遜色ないまではいかんけど』と興味あることは全部やらせてくれた」

「小学校の授業が終わったらすぐにレインボーハウスに行く、っていうのが日課でした。もう、ほんまに職員さんがお父さんお母さんでしたね。こんなあったかい場所はない。学校はたまに億劫に思うことがあって。お母さんの話になると、友だちとの会話を変えたりとか、僕がそっから離脱をしたりとか。『親亡くしてる、かわいそうやな』とか『大変やな』とか思われるのも嫌やった。そんなこと関係ないんですよね、ここに来たら。僕はかわいそうなやつじゃないし、みんな同じやし」

高校・大学生のとき、あしなが育英会の活動で、

震災遺児と交流を重ねた。中国の四川大地震、ハイチ大地震、東日本大震災。

「（中国やハイチで）親を亡くした子どもたちが集まって、お互いの経験を話す時間があった。通訳介してですけど、共通の気持ちを持ってれば通じるんや、と思って。さっきまで、やぁやぁ言って遊んでた男の子が、僕が話せば耳を傾けてくれる。同じ経験をしたからこそ、というのがあって。ただ、自分の言葉でその子たちとコミュニケーションとりたいっていうのがあって、外国語勉強したいなと思った」

「子どもたちがすごいリアルな絵を書いて。お母さんが瓦礫（がれき）の下敷きになって、血だらけになって亡くなってる絵なんですけど。震災の話や大切な人亡くした話になると、やっぱりすごい真剣な目というか……うつろな目の子もいますし。さっきまで元気ハツラツとして、『どこまでエネルギーあるんや』と思ってたんですけど、そのエネルギーの発散は、その子たちが経験したつらさの休憩時間でもあるのかなって」

「僕、毎年3月11日、陸前高田に行ってます。（それ以外も含め）20回以上は行った。

神戸レインボーハウスで。職員の富岡誠さん（左）と思い出話

あの人たちにとったらまだ復興の途中やし、心の平穏もまだまだ先かもしれないし、その中で僕らはよそ者ですけど、行くと（遺児たちが）喜んでくれるんですよね。同じような経験を僕がしたというのも、お互いに知ってるし。震災っていう悲しい出来事でできたつながりですけど、今後の人生でいやなこと、つらいことがあったときに、元気付けられるつながりになったら、って」

「小学生が中学生になるとか、見た目も心の成長も、めっちゃ早いんですよ。暴れてめちゃくちゃしてた子が、今や、ちっちゃい子の面倒見るお兄さんになってたりすると、数年しか経ってないのに、自分の知らん間に成長してるんやな、って。そういうのを一緒に感じ取って、僕も一緒に成長してけてたらなと思ってて」

大手電気メーカーに就職し、今は広島県で働く。人生の岐路には常に「震災」があった。

「（神戸は）苦いも甘いも、震災っていうつらい経験があって。その中でも人の温かさを知れた場所でもあるし、強さを知れた場所でもある。今やこんなに住みよくてみんなに自慢できるような町、昔震災があったなんて知らん、って思うくらいの神戸の町で。ずっとおれたらなって。いつかはまた神戸で働きたいなって」

「人格からライフプランから何から、全て震災が起点かもしれないですね。自分を形成するうえでの3分の2.9は震災。『震災』は字面だけ見たら怖いな、悲しいな、ってなるけど、それがくれたものが自分にはあまりにも大きすぎて。今でも母親に会いたいと思うときはありますし、しゃべりたかったなと、もし生きてたら、と想像するときもあります。けど、震災がなかったら、レインボーハウスにも出合ってないし、おばあちゃんに育ててもらうこともなかったやろうし。1月17日は嫌な日ですけど、今の自分にとって、阪神・淡路はすごく大切な出来事でもあるって」

「平成に生まれてよかったと、強く思ってます。平成の時間の中で、僕の母親みたいに『さよなら』した人もいるけど、さよなら以上の『はじめまして』がいっぱいあった。僕、去年、母親の年齢を超したんですよ。お母さんのおかげでいただいた出会いが今の僕をつくってるんで、ありがとうって言いたいですし、今後どれだけのお返しができるか、見守ってほしいです」

（文・撮影：田之上裕美）

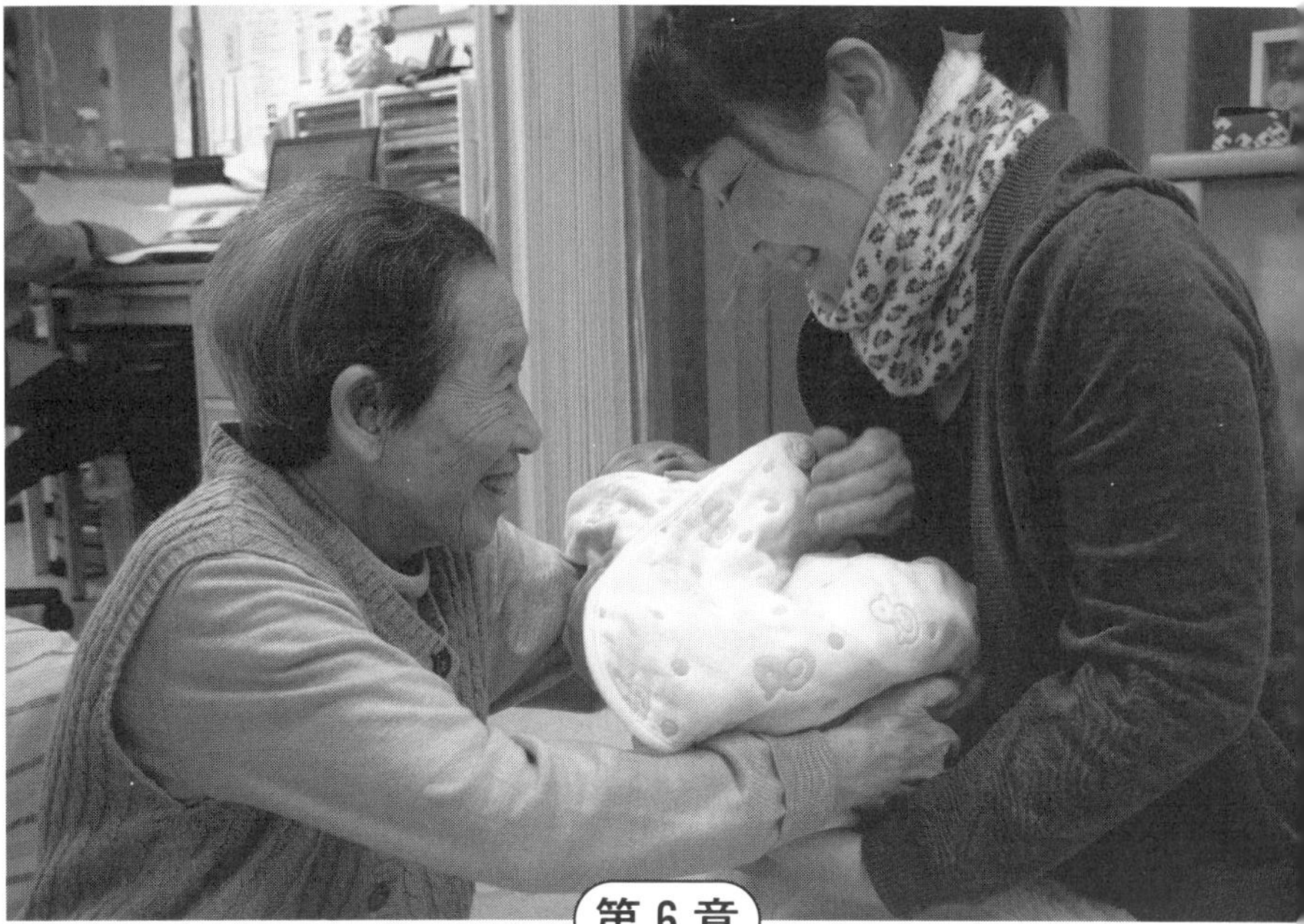

第６章

命をつなぐ

遺品整理業を営む男性は「若い人の孤独死が増えました」と言った。

「お年寄りと若い人で6対4ぐらいの割合。若くても突然死や自死、精神的な病、餓死もあります。生き抜く力が乏しいのかな。貧困ばかりが原因じゃないですよ」

人の死に向き合うことは、どう生きるかを考えることでもある。最終章の第6章には「命」と関わる5人が登場する。遺品整理業のほか、日雇い労働者の街・山谷で活動するホームレス支援の外国人、赤ちゃんを取り上げ続けた94歳の現役助産師、自殺防止に奔走する元警察官。そして救急救命士。

彼らが語る「平成」には、明確な姿がある。それは「生きよう」「助け合おう」「きっと新しい世界がある」といったメッセージだ。

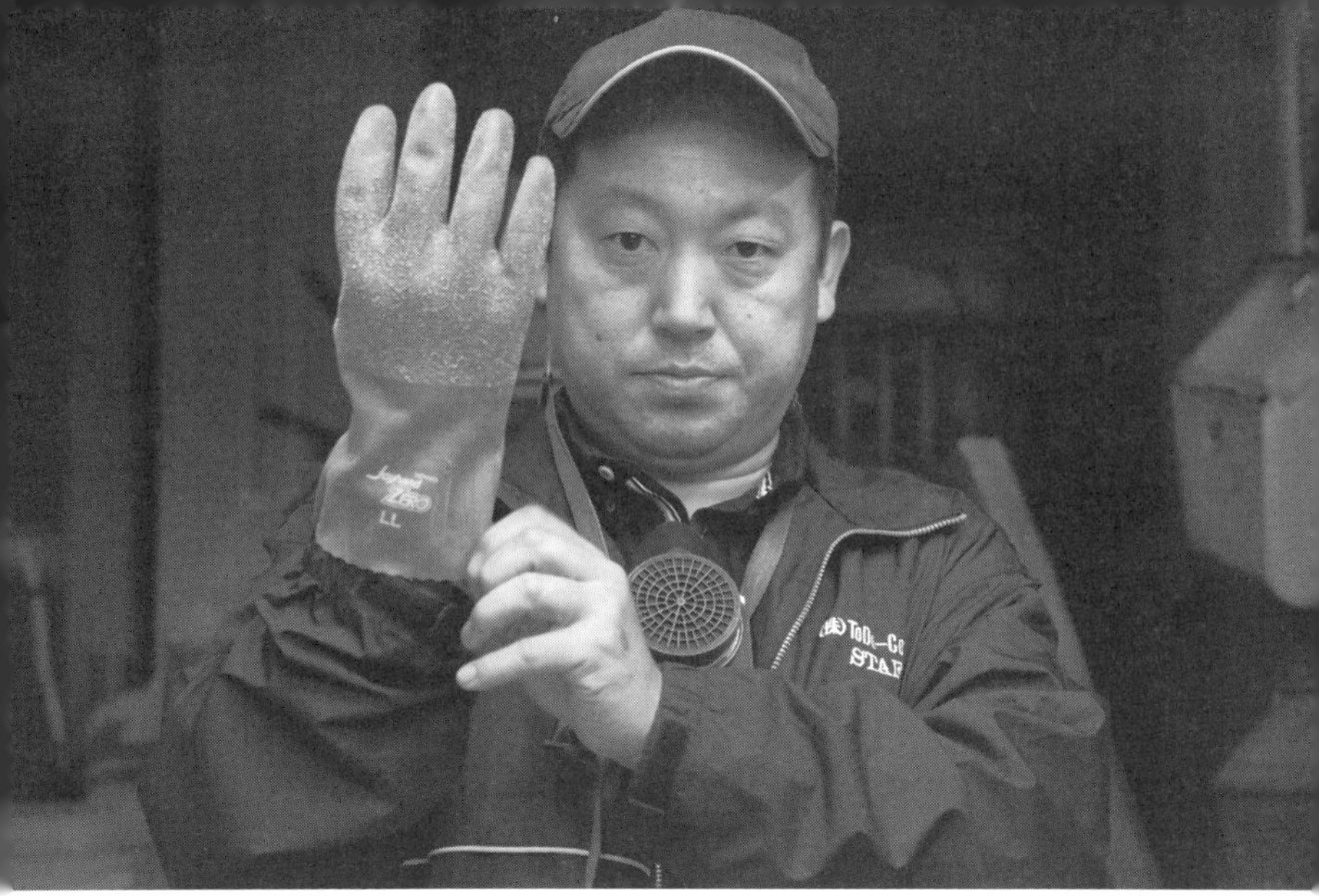

若い人の孤独死が増えました。生き抜く力が乏しいのかな

遺品整理　増田裕次さん（44）

東京・板橋

増田裕次さんは就活時、就職氷河期にぶつかり、一人でハウスクリーニングの会社を起業した。その後、時代の要請に応えるように業務を変化させ、今は遺品整理や特殊清掃を軸にする。超高齢化、都会の希薄な人間関係を日々、目にしている。

「『死後3カ月経ってるんだけど他にいなくて、やってもらえる？』って。人の死に縁起を担いだりしないんで、役に立つならいいか、と。25歳くらい。ハウスクリーニングの会社を立ち上げて（仕事の）声が掛かり始めたころでした。あれがなかったら今の仕事はなかったですね」

「（栃木県で暮らしていた）小学校高学年のころかな。隣のおばあさんが急死したんです。脚が2本、廊下に出たまま動かない。一人暮らしで、戸はいつも開けっ放し。『日常の中で死ぬ』とはこういうことなのか、って。住居の整理に親族が誰も来ないから、自分も家族と手伝いました。いま思えば、片付ける使命感みたいなものが芽生えたきっかけです」

「まだ、僧侶が家に来て葬儀をやっていました。知ってます？　読経の間、亡くなった人が喉が渇かないように、お水を替え続けるんですよ。お線香の煙は道しるべだから消さないようにとか。子どものころから僧侶に聞いてました。入院しても最期は家で死ぬのが普通だった。今は自分が代わりに掃除をやって、そこに住んでいた人が無事にあの世へ行けるといいなと思っています」

無給で2年間働き研鑽を積む。

「地元では、2年間無給でハウスクリーニングを学びました。無給で働くなんて、親は呆れてましたよ。実家の世話にはなりましたが、若かったから『やってやる。絶対やめない』って。（見習い先の社長に）『よくやれたな。普通やれないよ。どこに行っても大丈夫だ』と言われたときは、さすがにうれしかったです」

「東京には片道切符で来たんです。自分の教わってきたことが、技術でも気持ちの面でも他の業者に劣ることはないという自信があったんで、東京で勝負してやろう、と。住む場所もなく、野宿しながら家を探しました。最初の頃は、自分で作ったチラシをポストに投函して周りました。地元で起業して東京に出て来たことを、『先を見据えてたんですね』とよく言われますが、東京なら仕事が多いだろうと思っていたわけではありません」

「次から次へと現場があるから、とどまっていられない。がむしゃらと言えばそうですけど。就職氷河期世代だから、仕事は大事。断りたくない。仕事中は、手順や時間配分を考えています。でもね、体は素直に反応するんです。においで吐いたり、目に

さまざまな死と向き合ってきた

した物で涙が出てきたり。不思議ですよ」

死後、長い間放置される孤独死。若い人も増えたという。

「賃貸で人が死ぬと、『汚されちゃって大変』って言う大家もいて。まずは『長年住んでくれてありがとう』でしょ？　家賃を手渡しにするとか、生存確認する方法を考えればいいじゃないですか。顔見れば、体調悪いとか分かりますよ」

「月に10数件は孤独死の現場。若い人の孤独死が増えました。お年寄りと若い人で6対4ぐらいの割合。若くても突然死や自死、精神的な病、餓死もあります。生き抜く力が乏しいのかな。貧困ばかりが原因じゃないですよ。老いて、ここで死ぬという覚悟をしている人は、日記やメモを残してるんです。『明日も生きるぞ』とか。亡き人の人生を見るから、若い従業員にはこたえますよね」

「（ある現場で）清掃を始める前、通報しなかった隣の方に、あいさつに行き、様子を聞いてみました。飼い犬が吠え続けて異臭もしていたようです。発見されたころには犬も餓死していました。（仕事先で）『関係ありません』『警察にいろいろ聞かれたくないから通報しなかった』という遺族や隣人の声を聞くと、自分はつらくなります。親子の間に何があったのか分かりませんが、身内がそういう亡くなり方をしているのに、って」

祖父母から命の大切さを学んだという。

「『私の下についで働きなさい。あなたは苦労を知っている人だから僧侶に向いている。』って、知り合いの僧侶によく言われるんです。作業着を買いに行く店のおばさんからも『すごい苦労してるね』って、いまだに言われます。責任持って仕事を全うしようとしているだけですが、見る人が見たら苦労と思うんですかね」

「命を無駄にできないという気持ちもあります。明治生まれのじいさん、ばあさんから戦争の話を聞かされて育ったせいかな。昔の家だからなげしに親族の写真を飾ってあって。この人とは行き会ったことないけど誰だろう、と聞いてみると『あれは戦争に行った人だよ』『本当はまだ兄弟がいたんだよ』って。『自分の産んだ子に手紙来て、戦争行って。悪いことしたわけじゃないのに、殺したり殺されたり』って」

「いま、ちょくちょく区役所に行きます。『現場の声が聞きたいなら同業者を集めますよ』と声を掛けたり、『お年寄りが集えるよう空き家を利用したらどうですか』と提言したりね。やっぱり孤独死を出したご近所では、お年寄りたちも『寂しいね』と言っています。かといって、今さら干渉されたくもないし、若い人と一緒に暮らしたいわけでもない。将棋なんか指して『じゃあね、また明日』、井戸端会議で『もし私に何かあったら頼むね』と気軽に話せるような、そんなふうに集まれるような場所を、ゆくゆくは自分で作れたらいいなと考えています。自分の老後の計画、最後の計画かもしれないですけど」

遺品整理の前、まず亡くなった人に手を合わせる

さまざまな死を受け止め続ける。

「この数十年振り返ると、いいところばかり映し出そうとする世の中の裏側を見て来た感じですかね。死の背景、関わる人の思惑。遺品整理中に思い出を語りだす方もいれば、遺族同士でけんかが始まることもある。急に来なくなる従業員もいる。いろんな人から教わります」

「ボーダーコリーとパピヨン、犬2匹と暮らしてます。ほんっとかわいい。疲れが吹き飛びますよ。自分も最期は病院より自宅がいい。誰もが迷惑かけずにぽっくり死にたいと思っている以上、孤独死は増えるでしょうね。今は、生前に遺品整理を契約する人が増えています。紛争地に行くカメラマンとか、断捨離したい方とか。生き方は人それぞれ。どんな死に方をしても受け止める。『大丈夫、あとは心配しないで』とね。感謝とか見返りを求めてちゃ続けられない。自分が最後の受け皿になる。そういう覚悟です」

（文・撮影：穐吉洋子）

僕の役割は教会の中で祈ることじゃない

NPO法人「山友会」代表 ルボ・ジャンさん（73）

東京・山谷

かつての日雇い労働者の街、東京・山谷地区。現在は高齢化が進み、孤立死などの問題にも直面している。この街で35年間、ジャンさんは山谷の人々に寄り添ってきた。

「山谷で暮らすおじさんたちが、ここ山友会にお茶を飲みに来るんだ。僕は必ず彼らの名前を呼ぶようにしてる。だって人間一人ひとり、名前を持っているでしょ？　彼らは社会から無視されてると感じてきたから、人として認めてあげることが大切なんだ。孤独って、とてもつらいんだよ」

「宣教師として1972年にカナダから来た。僕も孤独な日々を過ごしたよ。生活も大変だったから、喫茶店などで働いていた。日本語もよく分からなくて、毎日怒られていたよ。仕事場以外でも『外人』ということで差別されたし。そんなときに『山谷でボランティアをしてみないか？』と誘われて。みんな日雇いで働く肉体労働者で、仕事にあぶれた日には朝から酒を飲んで。ケンカして血だらけの人もいたね。でも、話を聞くと、会社が倒産したり、家族と離別したり。僕と同じように孤独だった。20年くらい前からかな、少しずつここを第二の故郷みたいに感じるようになったね」

「俺はいろいろ悪いことしてきたけど、でもジャンさんのお金だけは盗めないよ」

「お昼はいつもみんなで、山友会の2階の食堂で昼食を食べるんだ。時々路上の人でずっとお風呂は入っていなくて、服がボロボロで、臭う人がいて。『あんな臭い人をなんで2階に上げるんだ。食事ができない』と文句を言う人もいる。でも僕は、彼ら

炊き出しに並んだ人に声を掛けるジャンさん。多いときには200人が並ぶ

のような人こそ、温かいご飯やみそ汁を食べてほしいんだよね。汚いから、臭いからと、見た目だけで拒否する社会は、良くないと思うね。みんな好き好んで汚くなったわけじゃないのに。それぞれいろんな理由があって、仕方なく、路上で生活をしているんだよ」

「以前ね、真冬のある日、シャツ一枚で山友会の無料クリニックに来た人がいて。あまりにも寒そうだったから、着ていたジャンパーをあげたんだ。そしたらその日のうちに、彼がジャンパーを返しに来た。見るとポケットに、僕の自宅の引っ越し代金30万円が入れたままだったんだ。彼は『俺はいろいろ悪いことしてきたけど、ジャンさんのお金だけは盗めないよ』と言ってね。人間、生まれつき悪い人はいないんだよ。一番大事なことは、その人を信じてあげることなんだよ」

山谷のドヤ（簡易宿泊所）で暮らす約4000人は、4分の3が60歳以上。多くは身寄りがないという。

「平成を振り返ると、大変な時代だったという気持ちかな。バブルが崩壊したときは、山谷でも仕事が少なくなった。ドヤに泊まれなくて公園に野宿する人がたくさんいた。凍死する人も年に何人もいたよ。真冬の夜、寒さに耐えきれないから、焚き火したり、お酒飲んで紛らわそうとするけど、そのまま路上で寝て死んでしまうんだよ。仲間が死んで、火葬に立ち会ったのが僕一人だけだったことも何回もある。寂しいよ。特に僕より若い人が死んじゃうとね」

「2005年を過ぎたころから、路上で暮らす人が減っていった。世の中が良くなったから、だけじゃないよ。みんな年を取って、病気が悪くなって、救急車で運ばれたり、施設に入ったり。路上で亡くなっていたこともあるよ。最近、山谷では1日に何回も救急車のサイレンが聞こえるよ。部屋で亡くなっていて何日かしてから見つかる

ことも あるし」

「最近も仲間の一人が亡くなったよ。ずっと路上生活していたけど、体調崩して病院で検査したら、ガンが見つかった。生活保護を受けながらドヤに住んで、抗がん剤治療のために入退院を繰り返していた。山友会では木曜日に手作りのカレーを出すんだけど、そのカレーが大好きでね。でも結局力尽きて、病院で亡くなった。葬儀には僕とおじさん、山友会のスタッフの3人だけが参列したよ。世田谷の葬儀場はとても広くてね。他の人のお葬式会場には喪服を着た人が大勢いたのに、僕らのところは3人だけ。本当に寂しかったね」

今年でかれこれ29年。山谷で『人の優しさ』を学ぶ。

「1989年に山友会の責任者になって、今年でかれこれ29年経った。一人だったら続けていく自信がなかったと思うよ。でも、仲間たちがいたからね。やっぱり、苦労してきた人たちだからね。みんな内面的な魅力があるんだよね。裏表がなくて純粋だったり、飾らない感じだったり。昔は荒っぽい人もいて、いろいろ大変だったよ。でも徐々

山友会の炊き出しに並ぶ人々。高齢者も若者の姿も見える。隅田川沿いで

にそういう一人ひとりの魅力を感じることができたんだ。だから山谷が好きになったんだと思う」

「ここで一番学んだことは、人の優しさかな。ボロボロの服を来ている人が、僕にソバをごちそうしてくれたりする。時には年末、職安でモチ代（臨時収入）が出たからと言って、お酒や食事をごちそうしてくれる人もいる。本人は明日の食べ物を買うお金さえも困っているというのに。大きなリヤカーで新聞紙や空き缶なんかをいっぱい集めて、それをお金に変えて、僕に食べ物を買って持ってきてくれるんだよ。優しさを感じるよ。そんな人たちを、僕は尊敬しているんだ」

同じ釜の飯を食べて、家族のようになりたい。

「もともとはみんな家族もいたし、仕事もしていた。でも周りでいろんな問題が起きて、家族がバラバラになってしまったり、仕事も住むところも無くなって、結局路上で暮らすしかできなくなった。彼らを助けたいという気持ちよりも、僕はそんな人たちと一緒に生きていたいと思っているんだ。お酒を飲んで昔話を聞いたり、悩みを聞いてあげたり。時には一緒に泣いたり、そして笑ったりして。おじさんたちと同じ釜の飯を食べて、家族のようになりたいね」

「僕の生まれはカナダのケベック州というところ。自然がいっぱいあって。山々に囲まれた、田舎の自然の中で育ったよ。日本から随分遠いよ。滅多に帰らないけどね。以前に数週間帰ったときにね、お米やしょうゆ、みそを食べないと、つらくなってしまって。そのとき自分が随分日本人的になっているなと感じて。生まれ故郷のケベックは懐かしいけど、あっちで暮らすことはないね。日本が僕のふるさと。おじさんたちが僕の家族。もうここ山谷に骨を埋めようと思ってるよ」

死んでも仲間と一緒にいたいから、クラウド・ファウンディングで共同墓地を建てた。

「9年前、弟のようだったカワちゃんが、アパートで一人で死んでいたんだ。お骨は故郷の東北に。1年後にお墓のあるお寺を訪ねたけど、カワちゃんの家のお墓はここにはない、って。たくさん積もった雪をかき分けてお墓を探したけど、見つからなかった。帰りの新幹線で、みんなのお墓を作ろうと決めた。生きている間も、死んでも一緒にいたい。3年前、近くにある光照院というお寺に協力してもらって、仲間たちのためのお墓を建てたんだ。僕もここに入るよ」

「今も宣教師だけど、教えは説かない。クリスマスのミサにも出ない。30年ぐらい前かな、ミサに出ようと教会に行ったんだけど、聖職者や信者は暖かい教会の中でミサをしていたのに、冷たい雨が降る中で100人以上の野宿者の人たちが外で待っていたんだよ。それを見てね、僕の役割は教会の中で祈ることじゃない、と。それから、クリスマスは山谷のおじさんたちと過ごして、心の中で祈っているよ。人にとっての教会や宗教はね、共同体をつくるためにあるんだよ。僕にとって大切な人は、おじさんたち。僕の共同体はここにあるよ」

（文・撮影：後藤勝）

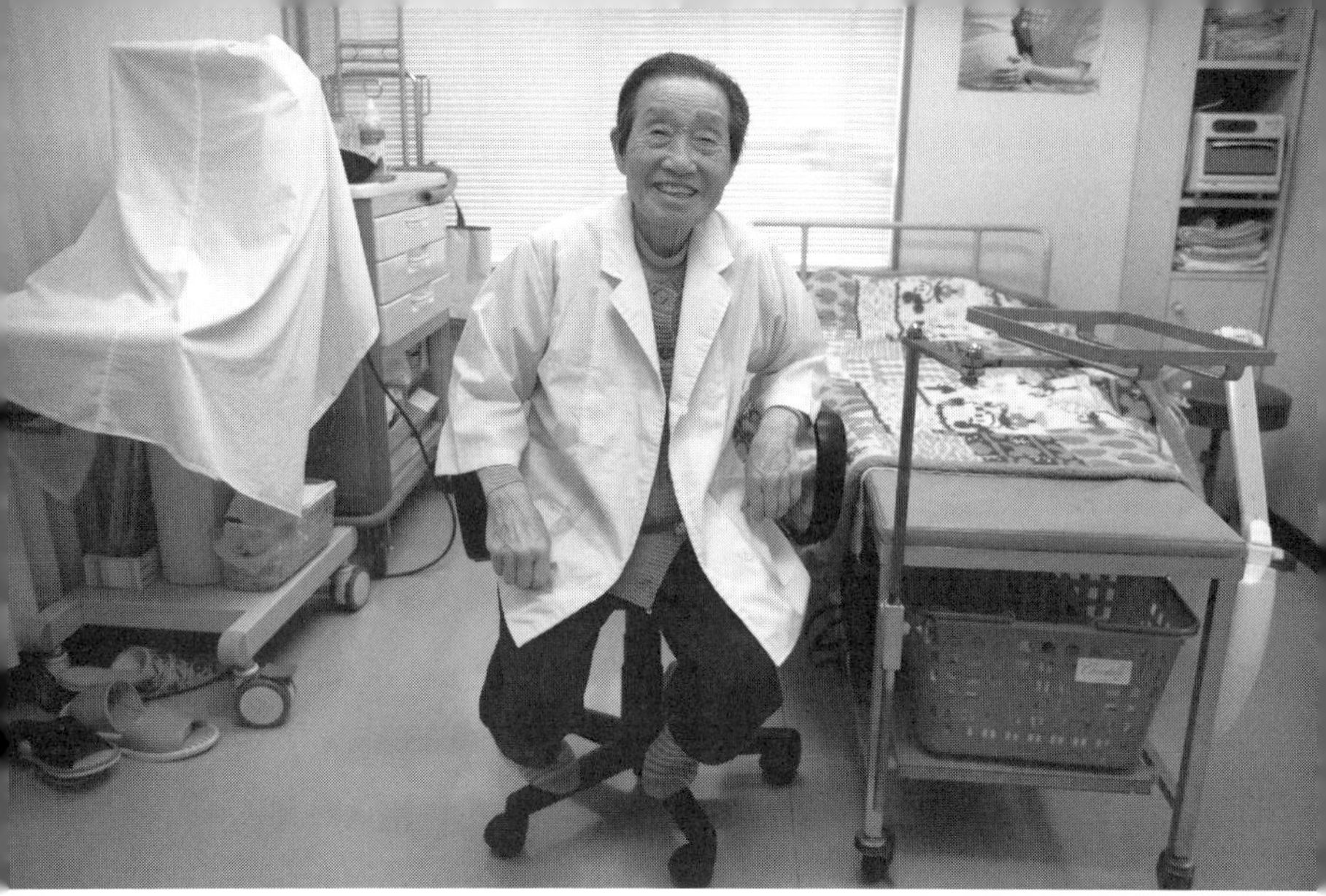

お母さんに抱かれてお乳をもらう。それが赤ちゃんの願い

和歌山県田辺市

国内最高齢の助産師　坂本フジヱさん（94）

94歳の現役助産師・坂本フジヱさんは、5000人近い赤ちゃんを取り上げてきたという。昭和から平成にかけて70年以上、出産と子育ての現場にいる。

「3年前ぐらいから（ここで出産する人は）急速に減ってきましたね。若い人たちがいなくなったんです。大きな都会へね、仕事を求めて出ていった。この小さな村ではね、若い人たちが働ける場所がないですね。ですから、和歌山市から大阪、大阪よりも東京へ出ていってね」

「それに結婚する人が少ないです。男の人も一人が多いし、女の人も付き合ってる人がいてるのに結婚しない。で、結婚しても赤ちゃんをつくらない。将来の生活の不安ですね。子どもを育てたら必ずその子どもが自分たちの最期を看取ってくれる、っていう保証がない。だから、もうそれだったら、自分が働ける間に働いて、お金をためて施設で終末を終わろうというような考え方が多いんです」

日本の総人口は2008年をピークに減少に転じ、2053年には1億人を割り込むと予測されている。

「もう本当に、昔の家庭という形はなくなってきましたね。母親が愛情を持って赤ちゃんを1年育ててくれたら十分なんですけどね。それもできない。おじいちゃん、おばあちゃんに任せて、自分は仕事。その時々の社会の環境で仕方ないことやと思ってますけど、私としたら、やっぱり1年間は手塩にかけて子どもを育ててやっていただきたい。それでないと、子どもがまろやかな心でね、育ちにくいんです」

「子どもは何を目標に生まれてくるかっていうたらね、お母さんに抱かれて、お乳をゆっくりもらって、生きたい。そういう希望を持って出てきて、自分は一生、何か人の役に立つ仕事をして終わりたい、と。その気持ちは最初から十分持ってるんです。それにふさわしい子育てをお母さんはできてないように思います」

「赤ちゃんを取り上げたとき、『あんたも大変やな、えらいとこに生まれてきたな、大変やけどしっかり頑張らないんかよ、私も頑張るからな』って言ったら、ちゃんと赤ちゃんが答えてくれるんです。目をパッチリ開いて、『うん、そやそや』って言うてくれる。『赤ちゃんなっとうな、気分ようしてるか』って私のいつもの口癖なんです。この田舎の方言です。『今日は赤ちゃんどうですか、気分ようしてますか』って」

阪本さんは、和歌山県内の小学校を卒業後、働きながら大阪の夜間学校に通い、看護師、助産師、保健師の資格を取得。戦争が始まると、救護班として駆り出された。

「私、きょうだい5人おったんです。母親は7人生んだんです。上下ひとりずつ、生まれてすぐ亡くなった。1人は戦死して、1人は（戦地で負傷して）傷痍軍人で帰ってきて、家で農業やったり、炭焼やったりしてました。私は、自分の幼少時代を貧乏で苦しい生活をしたとは思いません。妹も本当に一日満足して暮らしたっていうてますわ。ですから、昔の貧乏と今の貧乏とは本質的に違うんですね」

「戦中は、大阪の悲惨なね、空襲のなか、駆けずり回ってましたわ。看護婦の資格取ってましたからね、それで救護班として、どうしても大阪で働かんと（いけなかった）。もう一晩にしてB29っていう（アメリカの）爆撃機が400機も500機も畳を敷くように爆弾を落としたんです」

「私の妹は、森ノ宮の造兵廠へ学徒動員で来てたんでね。明くる日が終戦になる（1945年8月）14日に、（空襲で）ぐちゃぐちゃになってしまった。その妹が生きてるか死んでるか、捜しに行ったんです。ドラム缶に死んだ人逆さまに突っ込んで、脚だけ（見える）。行く道々にドラム缶がいっぱい並んで、悲惨でしたよ。兵隊さんがね、後片付け。その兵隊さんも鼻くそから涙から煤（すす）から、いっぱいの中でシャベル持ってね、やってくれてましたわ。片付けるのもドラム缶へ放り込むのが精一杯」

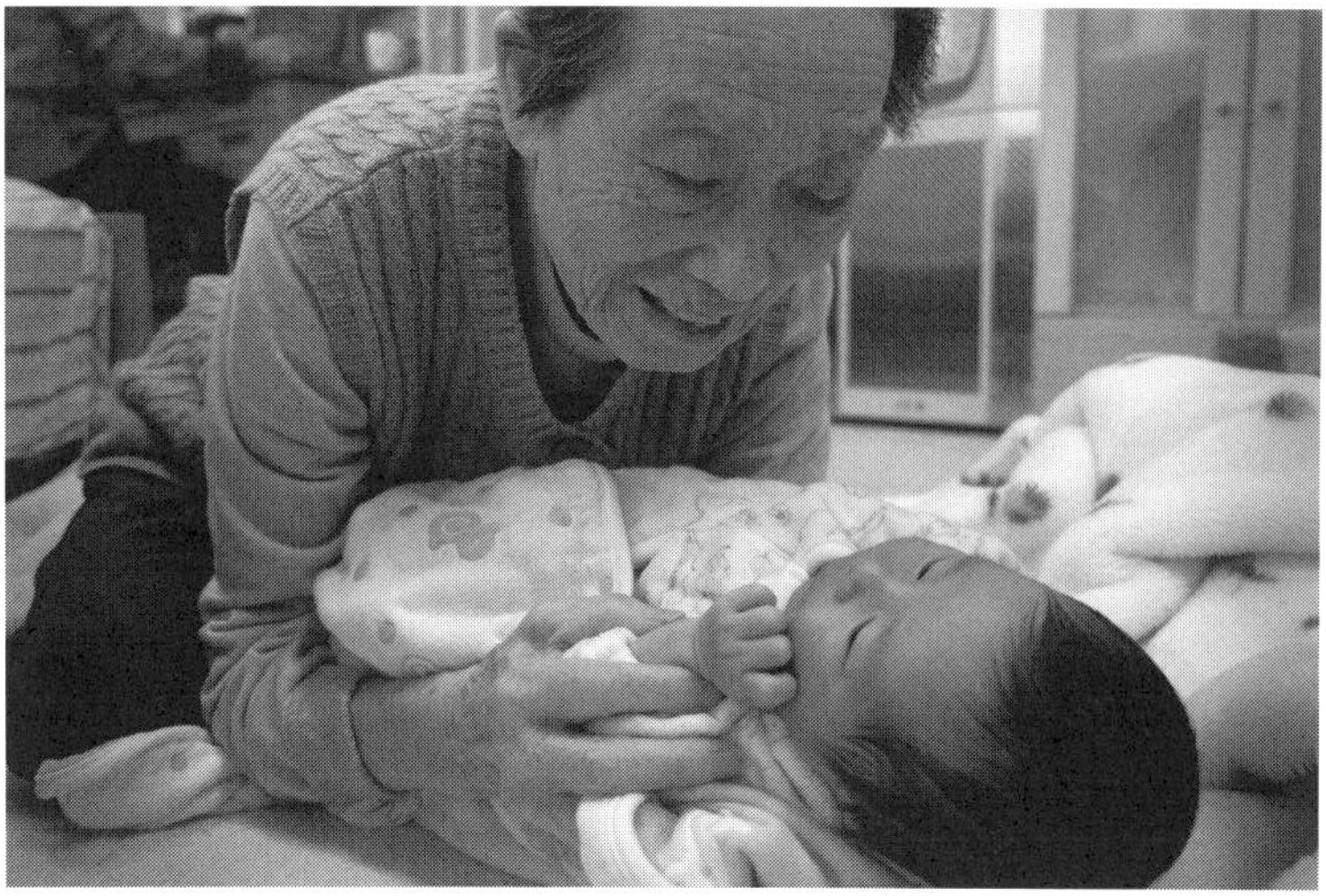
赤ちゃんをあやす

振り返れば「助産師」の仕事は天職だった。

「和歌山に戻ってきたのは昭和27（1952）年。帰ってきたときに、虎ヶ峰っていう山のてっぺんの道を通ったときにね、ずっと熊野連山を眺めて、あの山のひだひだに、みんな日々の細こい生活してるんやな、だから民族が絶えてしまうようなことは、まずないやろなと思いましたよ」

「無我夢中で生きてました。戦後と言っても、食べ物はないし、何もかも不自由してました。だから、私は助産師として、すぐ子供さんを取り上げることに従事しましたけどね。お産の用意するっていっても、おむつもなにもない。本当に貧乏くさい生活してました。衛生材料というものがほとんどなかった。たらいでお湯を浴びせて、ほいで一枚の着物着せるのが精一杯でした。その頃の生命力はすごいですね。赤ちゃんでも、お母さんでも。ようこんなんで生きたなというような」

戦後、出産の現場は「家」から「病院」へ移った。

「昔は、取り上げ婆《ばあ》さんが各部落におりました。ほとんどの村々、町々で、みんな自分の家で産んでた。お産の経験のある人が来て、お手伝いして、それでころっと出て終わりなんです。その人たちの手に負えんお産になってきたら、旦那さんが自転車に乗って、私たちを呼びに来る」

「戦後アメリカの指導下で、マチソンさんちゅう、向こうの看護課長さんみたいな人が来て、『納戸みたいな不潔なところでお産したらいかん、入院させなさい』と。昭和40年ごろからほとんど病院での出産。お産って、自然のものやと思う人が少なくなってきた。病気の中に組み込まれた。だからお産が大げさになっていくんです」

「私の母親なんかはね、産婆さんに関わったお産ないです。自分一人で出てくるの待って、ほいで、仕事してて、出てくるんです。2日くらい寝たらもう起きてますね、当時は。お産は、ごはん食べて、うんこしてっていう一日の動作に組み込まれたものなんですね」

「坂本助産所」の看板の前で

時代が変容する中、坂本さんは現場に立ち続けた。

「73歳くらいで（助産師を）やめようと思ってたんです。お産やっとったら、旅行も何も行けません。（亡くなった）主人とも一緒に旅行したことないです。年がら年中、無休ですね。でも、70歳くらいのとき、ある講演で、今日本の国で本当の意味の自然のお産は助産師しかないという話を聞いたとき、やっぱり目の輝いてる子供っていうは、私たちが取り上げな、と。それだけですね」

「どうしてもお医者さんは促進剤を打って、力つけさせて、骨盤を通過させるっていう方法を取りますからね。助産師が待つほど待ちませんよな。陣痛の長いのは、何時間かかるか予想がつきません。死ぬのと、生きるのと、同じですわ。生死は一如、生まれるのも死ぬのもおんなじですということですよ。人間の予測のつかないこと」

「(人間は遠い昔)細菌、バクテリア。それが自分の『素』。そこから38億年かけて、人間の形になってるんですからね。子宮の中で10カ月って言うけどね、1週間に1億年の進化を遂げてるんです。確実に一点の間違いもなしに、なぞってるんです。だから妊娠の10カ月間とその後の1年はね、(赤ちゃんは)神、仏の領域です。物言わない赤ちゃんは、神さんやと思ってます」

「表面的にはものすごく、今生活してるわれわれの気持ちが変わってるように思う。でも、中心、つまり、自然の営みは変わってないです。昔から一つも変わっていないんです」

(文・撮影:田之上裕美)

死んだらアカンくらい誰でもいえる。わしが、なんとかしてやる

福井県

NPO代表、元警察官 **茂幸雄**さん（75）

茂幸雄さんは、福井県坂井市の「東尋坊」で、自殺防止活動に取り組む。〝ちょっと待ておじさん〟として知られる茂さんらは、これまで640人以上の自殺志願者の命を救ったという。取材の日は冷たい雨だった。

「（雨の日は自殺が多い？）全く逆。天気のいい日だけ。そういう人間の心理があると思うんやて。私の感覚では、（自殺者の数は）天候が一番左右していると思うな。２０１８年は雪があったんで、４月まで１人も（保護者が）いなんだ。びっくりしたんやけど。ただ、（冬が）済んだら途端にな……９月は10人も保護したんよ」

「（声掛けは）『こんにちは、何してんの〜？』って。わしらは元警察官やで。刑事さんばっかりや。みんな声掛けはうまいよ。（自殺志願かどうかは）行動を見とれば、すぐ分かる。まず服装から違う。全体的に暗くて、よれよれ。疲れきった顔で、下ばっかり見ている。（パトロールを）14年もやってきたんやけど、悩んでる人がいると、友だちと会った感じがするんやって。『朋あり遠方より来《きた》る、また楽しからずや』じゃねえけどさ。『何を苦しんでいるんや？』って。ポンと（肩を）叩いてあげれば、表情がコロッと変わる。赤みが差してくるっちゅうんかね」

元警察官。定年前は東尋坊を管轄する警察署で副署長だった。

「自殺は犯罪ではないんやね。（自殺防止活動は）警察のジャンルからちょっと離れた活動になっている。それで私が定年を迎える（直前の）平成15年の1年間、三国警察署

メンバーが順番でパトロールして声掛けを行う

（現・坂井西警察署）で副署長をさせてもろうたんですけど、そのときに初めて自殺というものに直面したんですね。東尋坊は『自殺の名所』ということは知っていたんだけど、県内でどれだけの人が亡くなっているのかは報道されないんです。報道すること自体が東尋坊のイメージを悪くするということで、マスコミも控えていたっちゅうんかね。発表するな、というような時代だったんです」

「なぜそれが言えるかというと、副署長をしていると報道担当になるんですよ。どこどこで死体が上がったと。身元不明死体やったら新聞に出すわね。そしたら、『出さんどいてくれ』と。地元からの圧力っちゅうんかね、があって。観光協会が中心になって、それを出したらアカンて。『なんでや？』っていうことなんですね。今日は雨降りでおらんけども、みんな『ミステリー番組で有名な東尋坊ですよ』って言うて（観光案内する）。いわゆる観光目的、観光客を呼ぶためやったら（自殺について報道して）いい。けれど、それ以外は駄目だという圧力がものすごくきつかったんです」

定年後の2004年、NPO法人「心に響く文集・編集局」を仲間と設立。その前年、全国の自殺者数は3万4000人を超え、ピークに達していた。忘れ難いシーンがあるという。「平成」がちょうど半ばだった2003年の9月3日のことだ。

「午後6時ごろ、老カップルが吾妻屋で休んでたんですよ。東京で居酒屋を経営してたけれど、景気が悪く借金が増えて自殺しよう、と。すぐパトカーを呼んで、病院へ搬送してもらって。（町の）福祉の課長に引き継いだんです。そこからや、問題は。生活保護は『現在地保護』といって、（申請に訪れた）その自治体が保護せなという規定があるんですよ。ところが、役所は『あんたは東京の人でしょ。東京で生活保護を取れ』と、隣の市町村への交通費しか出さんのや。三日三晩、野宿しながら（東京に向かって）行くんですよ。最終的に新潟の長岡市で、小千谷までの320円の交通費だけ渡されて……（2人は自殺してしまった）。これは殺人やと思いました。私宛ての手紙、お金が払えなくて切手も貼らずに投函してきたんです。チラシの裏紙にだーっと（遺書が）書いてあるんですよ……」

「（03年だけで）80人近くを自殺未遂者として保護したんや。その人たちは『死ぬのは怖い』『死にたくない』っちゅうんですよ。『死にたい』っちゅう者、いないんですよ。理由をよく聞くと、追い込まれている。病気なり、上司のパワハラなんか。でも、『期待に応えられるような人間でなくてごめんなさい』とかね。遺書を読んでも『ごめんなさい』って書いてある。何を悪いことをしたんや、と。ねぇ……。（人生の）最後の言葉が『ごめんなさい』ってなんぞやと私は思ったんですよ。これは社会的、構造的な犯罪でねぇか、と。太宰治とか川端康成とか、三島由紀夫とか、いろいろ（主義主張で）自殺した人はいるけれども、ああいうのとは違うぞ、と。けれども、政治的には（自殺は）個人の問題やちゅうて、相手にしてくれないんですよ。生の声をみんなに分かってもらわなアカン。なんとかして全国に発信してやろう、と」

茂さんらの活動があり、平成後半の15年間で、東尋坊の自殺者数は年間20～30人か

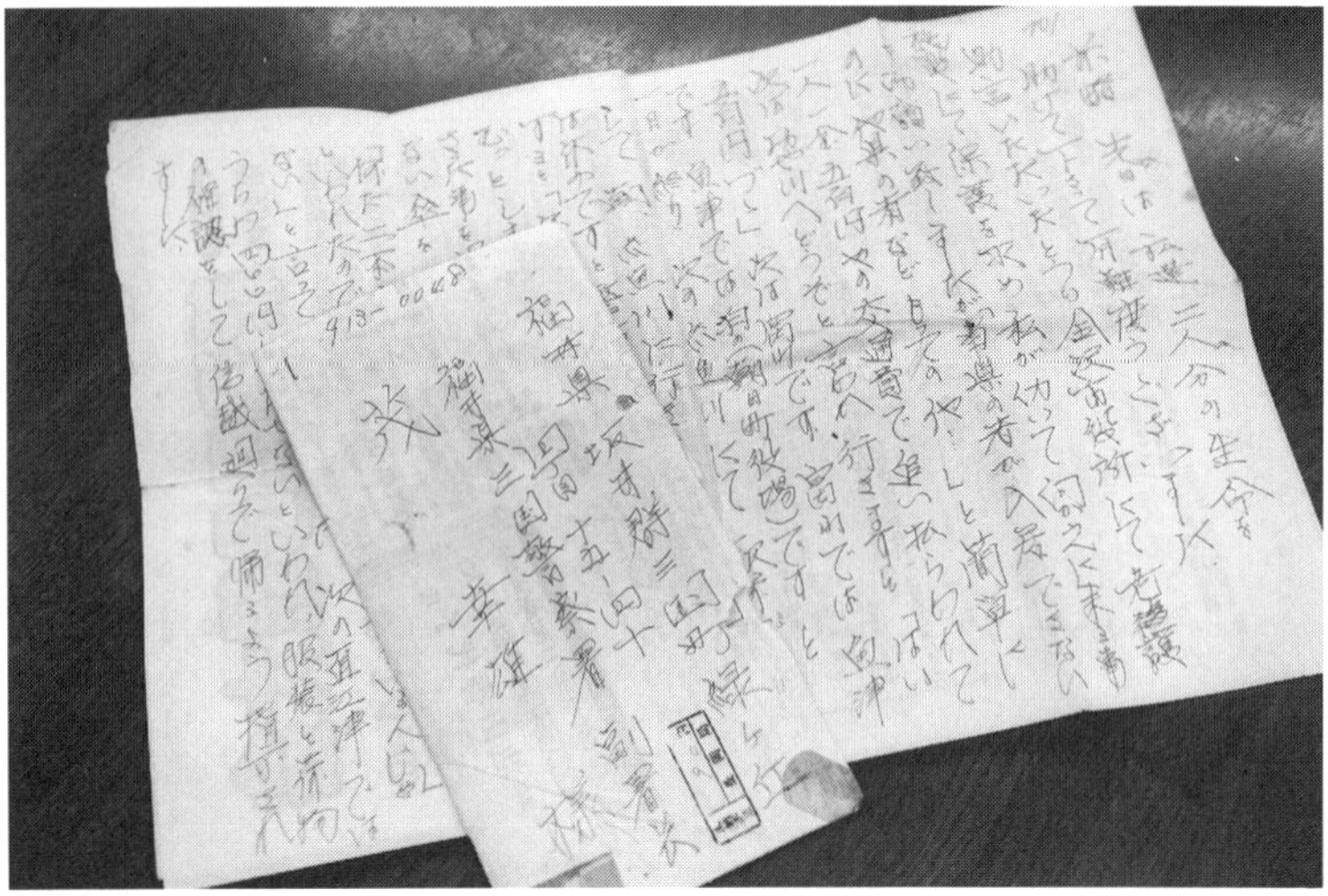

茂さんに届いた老カップルの手紙。「これから、この様な人間が三国に現れて同じ道のりを歩むことの無いように二人とも祈ってやみません」と書いてある。「三国」は東尋坊のある地域名

ら10人前後に半減した。

「特効薬がある。相手がどういう言葉を待っているかなんですよ。死んだらアカンくらい、誰にでもいえる。『生活保護を取ったらどうや』とか、『自己破産したらどうや』とか。どこの相談所に行っても、こういう言い方ばっかり。一緒に歩いてあげなきゃあかんのですよ。『わしが、なんとかしてやる』。この言葉しかないんです、あの人たちを助ける言葉は。相手の気持ちを自分の悩みごととして受け取って、ばーーんと言ってあげんことには解決できない。相手も信用してくれん」

「（自殺が起きてしまうのは周囲が）みんな引いてしまっているんやってなあ。家の中まで入っていけんとかさ。入っていけるんやで。それこそ人助

けやで。あの人たちは『助けてくれ』って言うちんやでさ。それに手を差し伸べるのは、人命救助なんですよ。（私生活に介入できない公務員とは違い）民間やったら何でもできる。相手から承諾さえあれば。そうでしょ？　『（自殺の原因をつくっている相手に）出て来い。お前ら何を考えてるんや？』と、個人だったら言えるんですよ。『おめえが死に追い込んでいるんだよ！』と。私は元警察官で、ある程度法律のことも知っているから、六法全書持って行くんです。『こうなってるやろ。罪やぞ、やめなさい』と。変な家庭もあるんや。本当にどうしようもない。けれど、『（その人が自殺することでもあったら）わたしゃ許さへんよ』と。『場合によっては告発するよ！　関係機関に言うよ！』と強く言うてやると、みんな納得してくれるんやわ」

「いまもさっき来たよな、一人な……。9月に東京から自殺しに来て、『なんで死んだらあかんのや ー！』って（暴れて）、それをみんなで押さえ込んで。47歳の女性。幻覚、幻聴がすごいんや。こっちもどうしようもないし、警察にお願いして強制入院させて。『昨日退院して元気になりました』って。先ほどまでいたんです。『もう元気。絶対死んじゃいかんということが分かりました』と、付き添いの人と一緒に帰っていかれたんやけど。（保護した人たちは）みんな元気になってる。再出発してるんですよ」

NPO法人「心に響く文集・編集局」の事務所。「東尋坊は（人生の）終着駅じゃない、（再出発の）始発駅ですよ」と茂さん

「平成というと、バブルの崩壊があって自殺が増えて。当時は日本の経済は世界第2位であったと。しかし、自殺者がすごく多いのに先進国っちゅうのはなんやと、世界中からバッシングを受けたんですよ。私が活動開始した当時は何をするにも金、金、金、金。わしはそんなもの関係なし。（困っている人がいれば）飛んで行く。そういう精神ちゅうのかな。自殺対策基本法ができて、今やっと、駆け込み寺ができてきた。『平成』は、人の心の中まで入っていくような対策のスタートラインにようやく立ったと私は思うね」

（文：末澤寧史、撮影：片岡杏子）

後輩に言うんです。モノも人も愛し、勇気を持って現場へ、って

さいたま市西消防署 消防司令長 石井利夫さん（59）

埼玉県・さいたま市

石井利夫さんは1978年（昭和53年）、浦和市消防本部（現さいたま市消防局）に入職した。91年（平成3年）に救急救命士制度がスタートし、その6年後に同市消防本部で6人目の救急救命士となった。

「消防に入ったのは、大好きな浦和で人の役に立つ仕事がしたいという思いからです。消防吏員、火消しとして採用されました。途中からは消防車も乗るし、救急車にも乗るしと兼務で。救急隊員になったのは91年からです。『欧米では助かる命が日本では助からない』といった報道キャンペーンなどがきっかけとなり、平成に入って救急救命士制度を導入する動きが一気に進みましたね。『これは自分がやらなければ』って感じました。それまでは傷病者を前にしても法律（の制約）で救急隊員は処置できないもどかしさ、悔しさがありました。知り合いの死の現場に直面したこともきっかけです」

「昭和の最後のころ、けんかの末に知り合いが（割れた）ビール瓶で刺されてしまって。私がたまたま救急隊として行きまして。失血死ですよね……、最終的には。何もできなかった自分がいるんですよ。何もできずに頻拍、瀕死の状態を見てたんです。今だったら、圧迫止血をしたうえで、点滴でどうだったかなと。助かった可能性はあるのかなって」

命の現場では悔しいこと、つらいことの連続だった。

「救命士の資格を取って、一人でも多く救いたいという思いでした。ただ、当時はいろいろと制約があって。医師の具体的な指示がないと救命士も処置ができなかった。あくまで診療の補助ですから。今でこそ、一般の方でも呼吸が止まった人に自動体外式除細動器（ＡＥＤ）をぱっと貼って心肺停止状態の人に救命処置ができますよね？　私の時代は心電図を見て、心臓がけいれんしてる波形だと思ってもすぐに処置ができないんです。病院に連絡して医師に『今こういう状態です、実施していいでしょうか』と言って、『どうぞ』と言われないとできない。医師の指示を受け、そして最終の波形を見て脈拍を見てから、『はい実施します』では時間かかるんですよ。そうするとですね、けいれんの波形が変わって、私たちが手出しできない適応外の波形になっていたり。悔しかったですね。まだそういう時代だったんです。医師がすぐつかまらない場合は、待つしかなかったんです」

「傷病者の方が元気に回復されて、あいさつに来られた際などはうれしくてやりがいを感じます。ただ、仕事の場がほんと、命の現場なわけですから。つらいことは多かったです。バブル経済がはじけた後は自損（自殺）行為がですね……ほんと多かった。救急車に乗務するたびにですね、そういった光景を……日々そういう傷病者を見てましたね。命のはかなさと言うか……。その人それぞれに背景はあるんですけど、そう

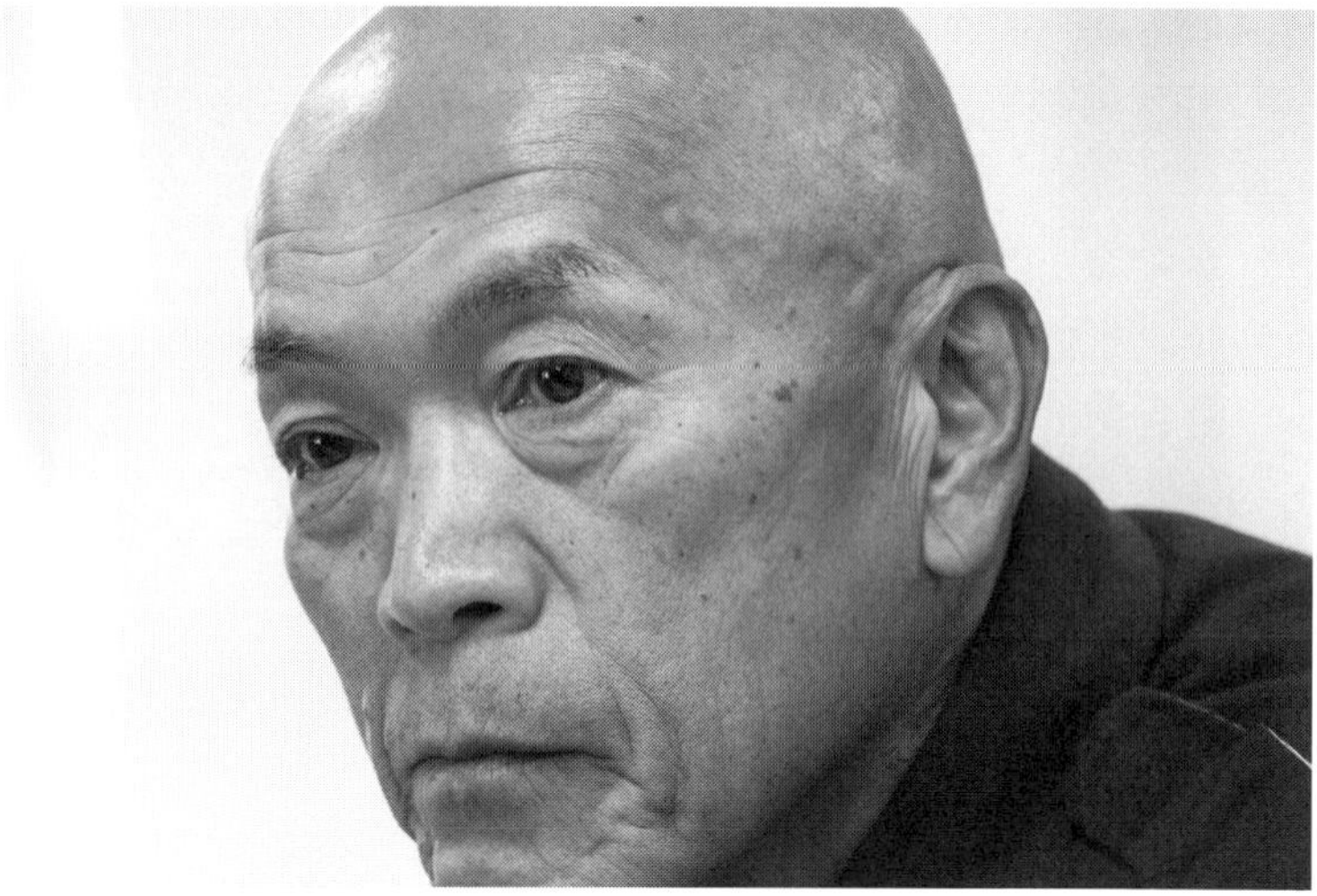
命の現場について語る

いった自損行為を数々見たっていうのはつらかったですね。家族、関係者の方とも接しますし、ええ……それは辛いですよね。今でもそういった光景を見るとですね、やはり、命をね、大切にしてほしいというか……」

心肺停止といった状態の人を救うには、周囲の人たちが全国平均約8分とされる救急車到着までの「空白の時間」をいかに埋めるかが重要となる。市民への心肺蘇生法や止血法といった救急講習も救命士の大切な仕事の一つだ。

「救命士制度が始まり、市民対象の救命講習や指導も盛んになりました。全国的にそういう流れでした。救急隊を含めた病院前救護体制に限界があるというのは分かっていたんです。その限界を埋めるには、やはり傷病者が発生したその場に居合わせた市民の力をお借りしなければと。そうすれば、救急隊や病院ともうまく連携ができる。ただ、119番を通して消防本部から応急処置の口頭指導があっても、実際にやっている光景というのは当時はまだ少なかったです。救急の現場で、市民の方が手当てしているのを見たのは、正直、数例でしたね」

「個人的な思い出というか、自戒になるんですが、人気の高い他県のテーマパークに家族と遊びに行ったとき、開場と同時に小走りで整理券を配っている方に向かっていくと、100人以上もの人だかりができてたんですよ。そこに私と同年代くらいの男性が仰向けで倒れてる。心肺停止状態です。『私は救命士です』と名乗ってすぐに心肺蘇生を始めて、周りの人に救急車の要請もしました。そして到着までに手伝ってもらえる人がいればいいなと思っていたら、その人だかりが一斉に動き始めたんですよ、整理券のほうに。私が手当てしてたから安心したのかもしれませんが、ショックでしたね。救急車の誘導とか手伝ってほしいこともあったんです。いや、悔しかったですね。それと同時に、いざというとき他人事ではなく、救急を実践していただけるような、そういう指導を、講習をしなければと。改めて思いましたね」

かつてAEDは、日本では医師しか使用を許されていなかった。医師の指示なく救急救命士が原則、医師の指示がなくとも使えるようになったのが2003年。翌年7月からは一般の人まで使用が認められた。

「応急救護への市民の方の意識が大きく変わったのは2004年からでしょうね。誰もが一定の講習を受ければAEDが使えるようになった。うれしかったですよね。やっとここまできたと。講習を受ける方も急に増えました。AEDが功を奏して社会復帰しましたよ、というのが報道されるようにもなって。（職場や学校などで）いま消防訓練とか防災訓練とかやる際もAEDの取り扱いとか、心肺蘇生法を取り入れてください、と（消防に以来してくる）のが増えてます。リピーターもいます。やはり市民の気持ちを動かしたのではないですかね。AEDによって、できることがあるんだと。それを使って命を救おうよ、と」

「AEDは愛と勇気が姿、形になったような気がしますね。応急手当てができる人は愛がある人、勇気のある人。今はAEDのふたを開けて、ボタンを押せば音声で案内

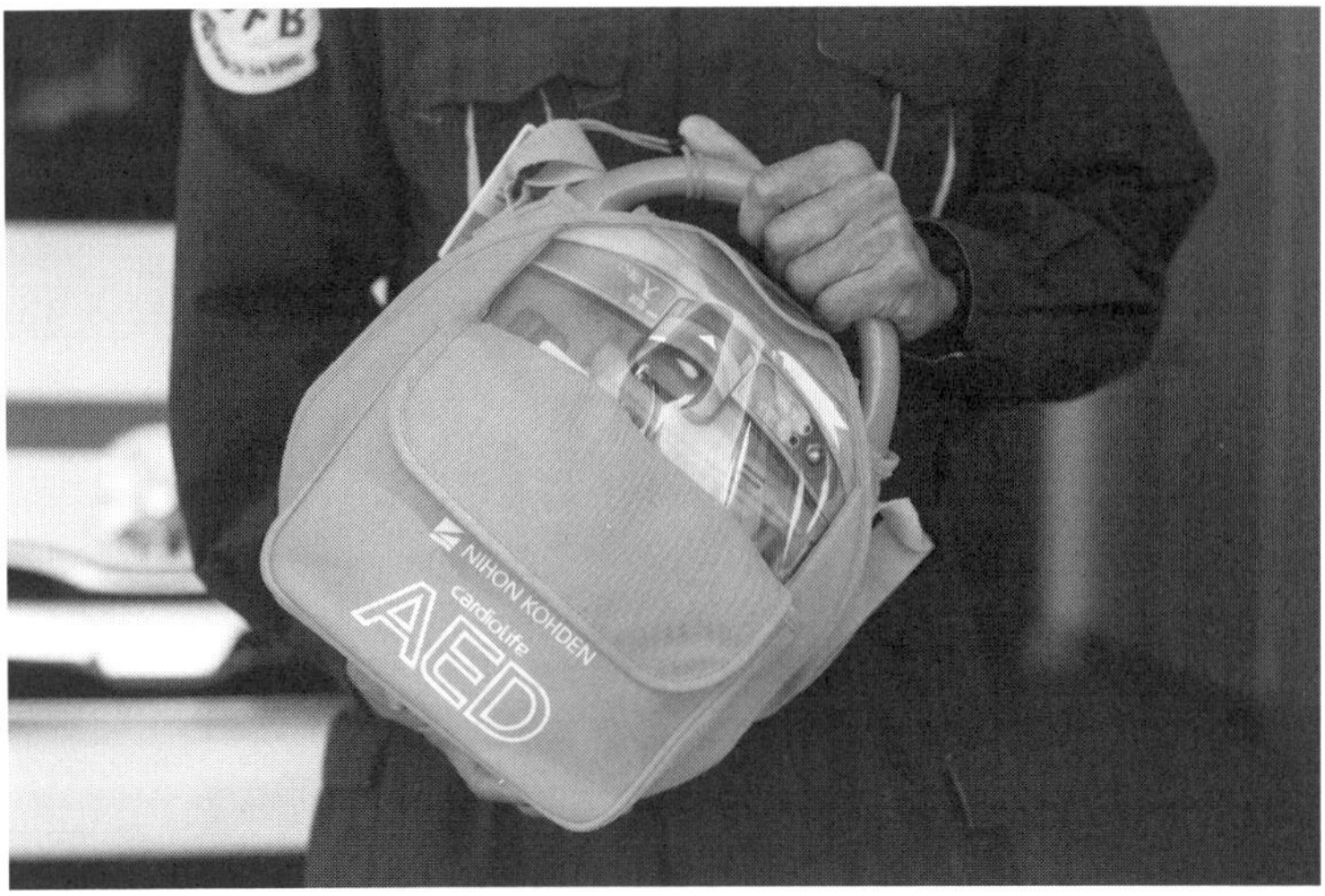

命を救うAED

もしてくれます。あとはいかに行動に移せるかですね。私は、救命率は確実に上がってるって信じてます。市民の方も感じていると思いますよ。AEDで胸骨圧迫を受けて元気に社会復帰したという記事もよく目にするようになりましたもんね。平成の30年間で日本の救急救命は大きな変化を遂げたと思っています」

石井さんは2010年まで救急の現場で活動し、その後の3年間は救急隊員の指導を担当。13年以降は災害現場の最高責任者として指揮を執っている。

「救急だけでなく消防もですが、この仕事は何といっても人間愛と言うか、人を思いやることが最も必要です。あとは行動に移すための勇気。では、それはどうすれば養えるのかと。よく後輩には言うんです。あいさつや身の回りの整理整頓のような当たり前のこと、そういう幼稚園生でもできるようなことを大事にして、モノも愛して、人も愛して、思いやりの心を育てようよ、と。あとは常に全力投球で現場に臨む。勇気と思いやりを持ってね」

（文：本間誠也、撮影：長谷川美祈）

「ナンバーワンよりオンリーワン」にも地獄はある

作家 朝井リョウさん（29）

『時代』を語ることはできない」と作家の朝井リョウさんは言う。元号が「平成」に変わった1989年に岐阜県で生まれ、20歳のときに『桐島、部活やめるってよ』でデビュー。この3月には「平成」に生きる若者たちを描いた『死にがいを求めて生きているの』が刊行された。元号の節目を迎え、さまざまなメディアから「平成とは？」という大きな質問を投げ掛けられ、そのたびに戸惑う。それでも「これまでに書いてきたことを振り返るかたちなら」と語ってくれた。

「小さなころから3歳年上の姉のまねをしていました。ピアノを習ったり、姉が図書館から借りてきた本を読んでみたり。物語を書き始めたのも、5歳くらいのとき、姉が『ネズミの国の遠足』みたいな物語を自由帳に書いていて、それをまねたのがきっかけです。小学生になると家にWindows95が届いて、手書きよりも長いものを書けるようになりました。それに伴って、主人公もネズミやキツネといった動物から人間になっていきましたね。階段から転げ落ちて双子が入れ替わる話とかピアノのオーディションものとか、ドエンタメばかり書いていました」

「小6のとき、日記が毎日の課題だったんです。小学生の日常なんて、そんなに書くことないですよね。提出する人がどんどん減る中、私は『毎日、とりあえず出さなきゃ』とは思っていたので、窓から見える景色とかを描写して文字数を稼いでいたんです。葉っぱが風に揺れる様子とか、車のライトが通って小さくなっていく様子とか。そしたら、担任の先生が『小説を読んでいるような気持ちになりました』と言ってくれて、それですごく図に乗って、長い小説を書くようになりました」

小学校6年生のあるクラスの1年間を1カ月ごとに書き、初めて出版社に投稿した。その物語を読んだ担任の先生の反応が、「小説家」を目指す朝井さんの背中を押した。

「丁寧に感想を書いてくださったんです。普段の日記へのコメントは、赤ペンでつなげ字でザッて書いた感じだったんですけど、黒いペンで、便箋3枚にびっしり。職員室じゃなくて、家で、『先生』じゃない時間に書いてくれた雰囲気を受け取って、それがとてもうれしかったんですよね。小説を間に挟めば、先生と生徒、ではなく、『人』と『人』として向き合ってもらえるんだと感じました。今でもその衝撃を追い求めて書いているようなところがあります」

中2のとき、19歳の綿矢りささんが『蹴りたい背中』で芥川賞を、高1のとき、15歳の三並夏さんが『平成マシンガンズ』で文藝賞をそれぞれ取った。

「『10代で書くべきは純文学なんだ』と思い込み、自分の素質と関係なく、背伸びしたものを頑張って書いていました。高見広春さんの小説『バトル・ロワイアル』を自分のクラスの設定で書いたり、時間も何も分からない部屋に閉じ込められた人がぬいぐるみを1時間ごとに投げ入れられる話を書いたり……何の信念もなく、ただやばいものを書かなきゃ、と思い込んでいました」

「当時はとにかく反応が欲しかったんですよね。有益な感想よりも、とにかく反応が。誰かが読んでくれたらうれしい、と。小説投稿サイトの黎明期ということもあって、まとまったものを書いては投稿して、感想を心待ちにしていました」

「だけど、それを家族に読まれるという事件が発生したんです。しかも、父が娘を監禁して凌辱する話。そのときに言われた『分かりもしないことを背伸びして書いているのが気持ち悪いから、自分の周りのことを書いたほうがいい』というアドバイスが今でも心に残っています。それからは、中学校に隠れて住んでいる5人組の話とか、自分の身近な世界を書くようになっていきました」

「これまで、大人運がよかったという感覚が強いです。高1の三者面談で文系コースを選ぶ理由を聞かれたとき、『小説家になりたいからです』と答えたんです。教室には冷え冷えとした空気が流れましたが、当時の担任の先生も母親も、それは無理だよ、みたいな否定をしませんでした。ため息はついてましたけど（笑）。高3の、浪人して国立大学を目指すか合格した私立大学に進学するか決める三者面談でも、『小説を書きたいので浪人はしたくない』って言ったんです。母親は隣で『まだ言ってる（ため息）』みたいなテンションだったんですけど、そのときの担任の先生が『何十年も教師をやってきたけど、大学進学についての三者面談で小説を書きたいと言われたのは初めて』と言ってくれて、『あなたは早くやりたいことをやったほうがいい』と背中を押してくれました。なんだかんだ、頭ごなしに夢を否定してくる大人には出会わなかったんですよね」

「夏休みの自由研究として『バトル・ロワイアル』を書いた中学2年生のときもそうでした。クラス担任の先生は、冒頭で自分が殺されていることがすごくショックだったようで『自由研究として受け付けるわけにはいきません』という反応だったんです。私はその先生が嫌いだから紙上で殺したわけではなくて、物語の構造上まず先生という存在を消さなければならなかっただけなんですよ。だけど、そんな説明は無意味ですよね。でも、国語の先生が全部読んでくれて、『先生や生徒を実名で登場させて殺す、というのはいけないけれど、内容自体は面白かった』『登場人物の名前を全部変えて印刷し直せば、提出物として認めます』と言ってくれたんです。確か、学校のパソコンを貸してくれて、職員室のプリンターで印刷させてくれたと記憶しています。最終的には、その国語の先生が、校内の自由研究のコンクールで金賞をくださいました。漫画やドラマによって『先生はたてつくもの』って刷り込まれがちだけど、私の出会ってきた先生たちは良い人たちばかりでした」

「先生といえば、小さな町だったので、家電量販店とかで普通に買い物をしているところに遭遇したり、学校のすぐ近くの商店でタバコを吸っている姿を目撃したり、そういうことが多かったのですが、先生にも〝先生〟でない時間がある、人間的な一面があるという発見は、小説を書く上ですごく重要なものだったと思います。私はミステリ作家のはやみねかおる先生が大好きなんですけど、はやみね作品からも『人間は立体である。角度を変えれば見える面が変わる』ということを教えてもらったと思っています。その影響もすごく大きいです」

3月発売の新刊『死にがいを求めて生きているの』は、朝井さんのほか、伊坂幸太郎さんや澤田瞳子さんら8作家による競作企画「螺旋プロジェクト」の一つ。古代から

未来まで、日本で起こる海族と山族の対立構造を描く物語で、朝井さんは「平成」の筆をとった。

「8組9人の作家がそれぞれ様々な時代を担当したのですが、私が『平成』をやらないとなると『フランス料理店に行ったのにイタリアン出てきた』みたいな感じになるのかなと思い、平成を担当したいですと申し出ました。単純に、平成以外を書くことはできないとも思いました」

「平成を担当することになったものの、『平成の対立』がなかなか思いつかなかったんです。書くべきことが見つからない自分を無価値に感じて、はじめは作家全員が集まる打ち合わせでも発言できませんでした。もともと、執筆が滞っているときは『生産性のない私はあったかい布団で寝ちゃいけない』みたいなことを考えてしまう人間なので、今の自分に発言する権利はない、と思っていました」

「あるとき、逆に平成とは、それこそ〝平らかに成った〟というか、個人間の対立がなくなっていた時代なのかも、と思い当たったんです。学校の成績が相対評価から絶対評価になったり、テストの成績が貼り出されなくなったり、運動会の順位がなくなったり。最近では多様性という言葉がやっと市民権を得て、従来の考え方から脱出して『自分の人生は自分で決めよう』『男らしく女らしくではなく、自分らしく』という声が通るようになってきましたよね。対立じゃないよ、人と比べなくていいよ、という雰囲気が『平成』なのかな、と思いつつ、そこに眠る違和感の手触りも明確になっていきました」

「人と比べなくていい、と言われたところで、どうしたって比べてしまうんです。私はゆとり教育真っただ中の世代です。『個性』という言葉もすごく聞きました。一つのゴールで1、2、3位を決めるんじゃなくて、それぞれの子にゴールがある、と。ナンバーワンよりオンリーワンみたいな言葉もよく聞いた記憶がありますが、それで解放されたかといったら私はそうでもないんです。むしろ、それまでは何かに置き換えることができていた自分自身の存在価値や意義をずっと問い続ける感覚が強まった。個性があればいい、オンリーワンだから大丈夫って言われるけど、じゃあ自分って何なの、という。ナンバーワンを目指して競争しまくる時代の対立地獄より、自分らしく、という世界にある自分地獄のほうが身に覚えがあったんです。それがまさに『生産性のない私は○○する資格がない』思考の根にあるものなのでは、と思ったとき、書ける、と思いました」

「自分の位置は、自分で空気を読んで」

「そのようなことを上の世代の方に話したら、『自分たちのときは〝君はこれぐらいの人間〟と外野がジャッジしてくれた。その苦しみもあったけど、朝井くんたちの世代は〝自分はこれくらいの人間なんだ〟って自ら理解していかなきゃいけないんだね』と。まさにそれだなと思いました。ナンバーワンを目指す世界で『おまえはダメだ』と決めつけられる苦しさより、オンリーワンだからいいんだよと言われる世界にいながら、どうしたって他者と比べてしまう自分に向き合うつらさを身近に感じました。決めつけるようにジャッジしてくる存在がいないから、『自分はあの人よりもダメ』とか『この人よりはまだマシ』とか、日々、自分で自分をジャッジし続けることになる。その行為による苦みは心の中に積もって、心を内側から侵食していく気がします」

「書いているうち、『自滅』というキーワードが浮かんできました。目に見える形での個人間の対立が奪われていき、自分で自分のことを『この辺だな』『いや、この辺かもな』とジャッジしていくうち、謙虚とも違う、自己否定が積もっていってしまう。そんな、自分を内側から毒していく自己否定が積もり積もった先には『自滅』があり、『自滅』の先にはまさに自分を滅する『自殺』と、他者を巻き込んで世界もろとも滅しようとする『爆発』があるような気がしています。実際に起きた事件の犯人の供述をいくつか読んでいると、『自滅からの爆発』パターンなんじゃないか、と思うことが結構あるんです」

「怖いのは、『自滅からの爆発』パターンの事件の犯人は、なぜか男性が多いということ。そして、自分の中にも『自滅からの爆発』の種がはっきりと存在することを自覚しているということです。理想とかけ離れていく自分への羞恥心と自尊心を飼い慣らすことができなくて、いっそどうにでもなれ、と、たとえば歩行者天国に車で突っ込んでいく。その事件の犯人が自分ではない理由を、明確に説明できない」

「小説家の友人と話していると、何かしら事件の報道に触れたとき、被害者よりも加害者側の立場で物事を考える人が多いなと感じます。印象的だったのは『シン・ゴジラ』の感想。『ゴジラはただ生まれてただ歩いていただけなのに、なんで爆弾積んだ電車に激突されないといけないの？』というような感想が多かったんですよね。圧倒的に加害者寄りでした。今の自分が犯罪者でない理由って、説明できないんですよね」

2018年には、国会議員が「子供を作らないから生産性がない」と書いたことが大きな問題になった。

「少し前に『生産性』という言葉が話題になりました。『なんてひどいことを言うんだ』という反応が多かったと思いますが、そう思うのは、私も含めて、自分が人のことを『生産性』という目盛りで測っている部分が少なからずあるからだと思うんです。自分に対して『原稿のノルマを達成できなかったから、今日はあったかい布団で寝ちゃいけない』と思うということは、他人に対しても同じことを思っているんですよ、きっと」

「ただ、20歳以上年齢の離れた小説家の先輩にそういうことを話すと、『なんでそんなこと思うの？』と純粋に聞き返されて驚きました。『書けなかったんだったら、美味しいご飯でも食べに行ってリフレッシュしなよ』と。印象的だったのは、『書けなかった日は、自分には責任がないって思ったほうがいいよ。くじ引きで、今日は書けない日、ハズレを引いただけなんだって思えばいいよ』という言葉ですね。それができたらどれだけいいかと思いました。同時に、自分にはなんでそれができないんだろうとも」

「『死にがいを求めて生きているの』でこまごまと書いている〝オンリーワン〟地獄にまつわる感覚は、それこそ〝ナンバーワン〟を目指して走り続けてきた世代の方々からすると全く共感できないかもしれない。それを小説にするのはどうかなとも思ったのですが、これまで特に多くの方に読んでいただけた『桐島、部活やめるってよ』や『何者』も、『全く分からない』という層と『すごく分かる！』という層にスパンと分かれたんです。自分から離れた世代には異物として受け止められる、ということが続いているんですよね」

「例えば『インストール』も、綿矢さんは『びっくりさせるぞ〜！』と思って女子高生のエロチャットを書いたわけではないですよね。きっと、それぞれの時代に『作り手が驚かせるつもりなどなく作ったものに、世間が驚く』という現象があって、その作り手というのはこれまで『若い小説家』が多かったのかなと思うんです。『なんとなく、クリスタル』も当てはまるのではないでしょうか。最近、自分は作品が優れていたというより、偶然その席にいただけなんだ、と強く感じます」

「自分を待てなくなる」時代

「そろそろ、世間を驚かせる作り手が小説家ではなくなっていくのかな、なんて考えるときがあります。今の10代が、表現方法として小説を選ぶって、すごくハードルが高いと思うんです。完成まで数カ月かかる小説より、すぐに作れて、すぐに公開できて、すぐに反応が確認できるもののほうが魅力的に見えて当然ですよね。いろんなモノが便利になった現代人は電車が数分遅れるのも待てなくなっている、という話をよく聞きます。確かに、小説を書いているときも、待てなくなっているな、と感じます。小説を完成させる数カ月先の自分を待てないんです」

「そんな、待てないという感覚も『自滅』につながる要素だと思うので、私は、人生は星座のようだと思うことにしています。星座って、星をとんでもない形でつなげて『この部分はこう迂回して、獅子座です！』って言い張るじゃないですか。『獅子に見えない！』って思うけど、そういうものでもあるのかな、と。『今日の自分は意味ないな、もうダメだ』って思ったとしても、その一日がとんでもない曲線でつながることもある。というか、つないでくれなくてもいいんですよね、究極」

「私は、本からおまじないをもらって生きてきた実感があります。次の日から使える特効薬ではなくて、思いもよらないところで、溶け出しそうな心の形を整えてくれる一行です。踏み出しそうになった一歩を抑えてくれたり、薬の箱を開けそうになってしまうその手を止めてくれたり。その経験があるから人生星座説を信じようと思えるのですが、自滅しないでいることで地獄を引き延ばしているだけ、という状況もあるとは思います。『死にがいを求めて生きているの』の終盤は、そのあたりのことを考えて筆が止まることも多くありました」

2018年に発表した「健やかな論理」（小説幻冬9月号）には、自殺の理由をテー

マに据えた。

「19歳の免許取りたての子が時速150キロとか出して事故死、みたいなニュースを見ると、『なんて健やかなんだろう』と思うんです。『そんなことをしても自分は生きている』と信じられた心に感動するというか、自分の命や人生に対する信頼の厚さが羨ましいというか。その状態でいられたら、私ももっと黄色い派手なアウターとか着たのかな、とか。人間が亡くなったというニュースなのに、健やかさが光り輝いて見えてしまうんです」

「刑事ドラマなどでは『この被害者は自殺の前日にAmazonで買い物をしているから自殺じゃない』みたいな論法がありますよね。『死ぬだろ』って思うんです。心は論理じゃないから。大好きな人に会った1秒後に電車に飛び込んだとしても何の不思議もない。平井堅さんの歌詞で『惰性で見てたテレビ消すみたいに生きることを時々やめたくなる』というものがあります。私も、1+1=2みたいな健やかな論理ではどうにもならない矛盾や、心の中のグラデーションの部分に出会ったとき、小説を書きたい、と思います」

「今、『0か100か』でグレーが認められない感覚があります。だから、こういうインタビューを受けるのは怖いです。永遠に残る場所で発言をすることは、『動物愛護運動に参加してるらしいけど、お前、5年前はリアルファー着てたぞ』みたいな現象の一歩目でもありますから。小説を書いていると実感するんですけど、人間の心って本当にコロコロ変わります。私たちは被害者と加害者を行き来しながら生きています。そもそも『0か100か』ではいられないのだから、もっとグレーで、もっとずる賢くて、全然論理的じゃない心を、これからも書き続けていきたいです」

（文：笹島康仁、撮影：KOKI SENGOKU）

朝井リョウ（あさい・りょう）
1989年、岐阜県生まれ。2010年、小説すばる新人賞を受賞した『桐島、部活やめるってよ』でデビュー。2013年、『何者』で戦後最年少の直木賞作家となる。2014年、『世界地図の下書き』で坪田譲治文学賞受賞。他の著書に『星やどりの声』『もういちど生まれる』『武道館』『スペードの3』『世にも奇妙な君物語』『ままならないから私とあなた』『何様』等。最新刊は『死にがいを求めて生きているの』（中央公論新社）。5月に映画『チア男子!!』が公開予定。

おわりに

「最後に全力疾走したの、いつかな」

東武東上線の池袋駅、平日の昼間。発車寸前の電車に駆け込んだ瞬間、そう考えた。階段の途中で流れ始めた発車のメロディ。曲はモーツァルトの「アイネ・クライネ・ナハトムジーク」だ。明るくテンポが良い曲なのに私の脚は上がらない。きつい。息が切れた。

最後の全力疾走など、もう思い出せないほど昔だった。

それからしばらく、家族や知人に会うたび、「最後に全力疾走したのはいつ?」と聞いて回った。その問いを聞いた途端、みんな表情が緩んだ。そして楽しそうに自分を振り返った。

「事務処理が手作業じゃ間に合わなくなって。パソコンなんて触ったことなかったから、大変だったのよ」と母。幼い兄と私を育てながら、父と起業し、がむしゃらに働いた日々を語った。かつての上司だった男性は、構成作家として副業しながら突っ走っていた20代を。看護師の女性は、苦い離婚経験がいかに自分を強くし、今を輝かせているかを。そして私は思った。一人ひとりの人生、一つひとつのエピソードがこんなにも豊かでこんなにも面白いとは。

「平成」の終わりに、市井の人々にそれぞれの視座で、この30年を振り返ってもらってはどうか。それがヤフーニュース特集『わたし』と平成」企画の出発点になった。プロジェクトが動き出したのは、あの池袋駅の全力疾走から3週間後。制作に当たり、多くの取材者に参加してもらった。面白いと感じるポイントは聞き手によって異なる。個性や多様性を出したかったからだ。
みんなが出し合った取材候補者は、全国で約３００人にもなった。職業、地域、経験、全て違う。この人たちからどんな話が聞けるだろうか。取材者たちとテレビ会議を繰り返し、候補を絞った。しゃべり方の癖や本人の息遣いまでも聞こえるような「肉声」。それらを忠実に再現したいとも話し合った。

「平成史」はもちろん、いつの時代も歴史に残るのは大きな出来事だ。名もなき人々の個人史は残らない。しかし、世の中はそんな個人で成り立っている。それぞれに豊かで、ドラマがある。『わたし』と平成」は、そこにスポットを当て、歴史書には残らない社会の息遣いを伝える試みだ。私的なエピソードを積み重ねることで、本当の「平成」は見える。

出産を機に育児に専念していた私は「小さな子どもを育てている最中だからこそ、見えるもの、取材できることがある」と、ヤフーニュース 特集の仕事に誘ってもらった。『わたし』と平成」企画を発案したのはその直後でもあった。インターネットのSNSを駆使し、準備は進んだ。深夜のテレビ会議は、目を覚ました子どもたちへの対応で途切れ途切れにもなった。そんな働き方に理解を示してくれる人たちがいるのも「平成」なのかもしれない。

伊澤理江

編著者略歴

高田昌幸（たかだ・まさゆき）

1960年生まれ。法政大学卒業後、1986年に北海道新聞社入社。経済部、東京政治経済部などを経て、報道本部次長、ロンドン支局長を務める。2011年に退社。フリージャーナリストを経て、2012年から高知新聞記者、報道部副部長。北海道新聞時代の1996年、「北海道庁の公費乱用」報道の取材班メンバーとして新聞協会賞、日本ジャーナリスト会議（JCJ）賞奨励賞を受賞。2004年に「北海道警察の裏金問題」報道の取材班代表として新聞協会賞、菊池寛賞、JCJ大賞などを受賞。著書・共著に『権力vs.調査報道』『希望』（以上、旬報社）、『真実——新聞が警察に跪いた日』（角川文庫）、『@Fukushima ——私たちの望むものは』『メディアの罠』（以上、産学社）など。2017年4月より東京都市大学メディア情報学部教授。

伊藤儀雄（いとう・よしお）

1982年生まれ。東京大学経済学部卒業。「ヤフーニュース特集」編集長。中日新聞社で行政・警察・司法などを取材。2009年、ヤフー入社。「ヤフーニュース トピックス」の担当などを経て現職。

▼平成時代はインターネット普及の歴史と重なる。小学生のとき、父親が自宅にネットを導入した。回線が遅く、写真ひとつ表示するのにも数十秒かかったが、目の前の画面が世界につながっていると思うとワクワクした。雑誌に載った「おすすめサイト」のURLをブラウザに直接打ち込んでいた。大学生1年生のとき、米同時多発テロが起き、テレビを見ながらネットで情報収集した。▽新聞記者になって、ネットの情報を手がかりに取材した。スマートフォンとソーシャルメディアの普及で、情報流通の環境が大きく変わるのを肌で感じた。ヤフーに転じて2年目に東日本大震災が起きる。オフィスがあったビルで一時屋外避難の指示が出た。ニュースの更新ができない。当時、たまたま近くに住んでいたので走って自宅に帰り、リモート接続で更新を続けた。▽現在、ネットを飛び交う情報は混沌としている。だからこそ信頼できるニュースソースが必要だ。真摯に地道に取り組んでいきたい。

＊＊＊

穐吉洋子（あきよし・ようこ）
1970年生まれ。大分県出身。津田塾大学卒業。カメラマン。北海道新聞写真記者を経て、現在「AFPBB News」などウェブメディアを中心に取材している。
▼「バブル世代？ いいえ、不況元年世代です」。問われると、そう答えていた。▽バブル景気にわく1989年、私は上京した。一方、郷里の両親は、百貨店に押され、経営の苦しい店をたたもうとしていた。ブランドバッグを持ち歩く渋谷の高校生やボディコン姿で六本木を闊歩する女性たちを、どこか外国の風景のように眺めていた。▽バブルの恩恵にあずかれなかったわけではない。まかない飯を楽しみにアルバイト先の飲食店に通い、学生には十分な収入を得ることができたのだから。▽今また、バブル世代を、地に足のついた生活者としてまぶしく見つめている。起業する人、子育て支援に立ち上がる人、病を得て働き続ける人。人生折り返し点を過ぎてなお、走り続ける人たち。華やかに見える表層だけを追いかけていたら、彼らが乗り越えた苦悩や、払ってきた犠牲は見えない。いつか私も、彼らと肩を並べ「あの頃は」と語れる日がくるだろうか。来た道を振り返るにはまだ早い。

飯田千歳（いいだ・ちとせ）
ライター、インタビュアー。映画監督やスタッフ、俳優の取材を中心に幅広く執筆活動を行う。「ヤフーニュース 特集」では、『万引き家族』で2018年のカンヌ国際映画祭の最高賞パルムドールに輝いた是枝裕和監督のインタビューなどを発表。

伊澤理江（いざわ・りえ）
ジャーナリスト。英国ウェストミンスター大学大学院ジャーナリズム学科修士課程修了。新聞社・外資系PR会社などを経て、2018年に独立。置き去りにされがちな女性の目線で様々な社会の問題を切り取っている。「ヤフーニュース 特集」では「一人で抱え込まないで——『特定妊婦』支援で守る新しい命」などを取材、執筆。

神田憲行（かんだ・のりゆき）
1963年生まれ。関西大学法学部卒業後、ジャーナリストの故・黒田清の弟子を経て独立。昭和、平成、次の元号と三時代に渡って仕事をするフリーライター。得意分野はホスト、高校野球、教育、日本国憲法。主な著書に『謎の進学校　麻布の教え』（集英社新書）など。

後藤勝（ごとう・まさる）

1966年生まれ。1989年渡米、ニューヨークのパーソンズ美術大学で学ぶ。写真家、「ヤフーニュース 特集」写真監修。Le Monde, The Washington Post、AP、ロイター通信などで活躍。内戦やエイズの取材で、2002年国際ドキュメンタリー写真賞、2004年上野彦馬賞大賞、2005年さがみはら写真賞を受賞。2012年に写真総合施設 Reminders Photography Stronghold を東京に設立する。http://www.masarugoto.com/

▼平成元年は写真家として始まりの年でもあった。6月4日、バブル景気の浮かれた日本に嫌気が差し、片道切符でアメリカに渡った。空港に着くと前日に起きた天安門事件が報道されていた。生々しい映像に釘付けになり、後にニュースという仕事に関わるきっかけにもなった。▽それから20年ほど、写真家として歴史を刻々と記録した。カンボジア内戦、インドネシア分離独立運動、ビルマ難民、タイ軍事クーデター、カシミール紛争、スリランカ内戦、スマトラ島大沖地震、そして児童売買やエイズ問題。犠牲者は弱者という不条理な現実を目の当たりにしながら、写真家を続けた。▽平成23年、余命一年の母を看取るために、日本に一時帰国した。そして手術の日に東日本大震災が起こる。あまりにも多くの命が一瞬で消えた。母の看取りを終え、何かに憑かれるように、日本に留まることを決意した。自由奔放に生き、多くのことを得て、大切なものも失った平成という時代。激動の30年間、それは自身の青春でもあった。

笹島康仁（ささじま・やすひと）

1990年生まれ。早稲田大学文学部卒業。記者。早稲田大学ジャーナリズム研究所招聘研究員。高知新聞記者を経て、2017年に独立。教育、地域を中心に幅広い分野で取材・執筆活動を続けている。主な掲載媒体は「ヤフーニュース 特集」。

▼「メディアはなんでもひとくくりだ」と目の前の女性が目を赤くして訴える。岩手県大槌町の民宿で地元の飲み会に混ぜてもらったときだった。この町を地震と津波が襲ってからもう8年。岩手・宮城・福島と大きなくくりで報道するけれど、内実は地域ごとに違うし、一人ひとりではまた違う、と彼女は言う。▽すると、向かいの席の若い女性がポロポロと泣きだして、先の女性がさら

に言う。泣いていい、泣けるようになったことも大事なこと、と。会話に置いていかれた私は、自分で自分が嫌になる。くくられるのが嫌だった（特に「平成生まれ」的に）はずなのに、「くくる側」に見られるなんて。▽この本に出てくる人々を見て、朝井リョウさんとのインタビューを通じて、大きな物語ではなく、小さな、一人ひとりの物語こそ聞きたいとあらためて思う。大きなものにくくれないものこそ聞いてみたい。「平成」が終わっても続けたい。くくらないために、くくられないために。

末澤寧史（すえざわ・やすふみ）

1981年生まれ。ライター、書籍編集者。慶應義塾大学法学部法律学科卒業。出版社に勤務する傍ら、「ヤフーニュース 特集」を中心に異文化理解につながるテーマを多く取材している。共著に『廃校再生ストーリーズ』（美術出版社）『東日本大震災 伝えなければならない100の物語⑤放射能との格闘』（学研教育出版）『希望』（旬報社）ほか。

▼「平成」という時代を意識したことはなかった。8歳で平成を迎え、現在37歳。物心ついてからずっと平成である。いわば「平成の人間」である。にもかかわらず、昭和に生まれた自分は、「昭和の人間」だと思い込んできた。▽北海道に生まれ、ジャーナリストにあこがれ東京の大学へ進学した。実際に「昭和の人間」であれば、新聞社か通信社で働き、専業主婦と子ども2人が帰りを待つという〝標準的〟な家庭を築いていたのかもしれない。▽だが、いまこうしてインターネットニュースで記事を書いている自分がいる。主な仕事は本の編集。関西に住むが、所属する出版社は東京にある。ふだんは自宅でパソコンに向かい、月に一度出社する生活がこの2年つづく。妻の就職を機に関西に転居したのだ。妻とは4年前に籍を入れずに結婚し、翌年、第一子をもうけている。子どもの保育園の送り迎えも、家事も当たり前にやる。妻と子どもの帰りを自宅で待つのは、ほかならぬ私である。まさに私は「平成の人間」なのだ。

田之上裕美（たのうえ・ひろみ）

1989年生まれ。大阪大学法学部、東京大学大学院総合文化研究科修士課程修了。ビデオジャーナリスト。2018年よりフリー。海外メディアを中心に映像取材を行う。

塚原沙耶（つかはら・さや）
出版社勤務を経て、ヤフーへ。「ヤフーニュース 特集」にて編集、執筆を行う。

▼昭和の終わりに生まれたけれど、向田邦子にあこがれた。働き始めて間もないころ、一人暮らしのマンションで「寺内貫太郎一家」を見ていた。ご飯と味噌汁、焼き魚と納豆、骨董品店で買った和食器。ドラマの食卓と少しだけ似たものをガラステーブルに置いて、貫太郎一家と一緒にご飯を食べた。ホームドラマっていう時代じゃないよ、と思いながらも、習慣になった。たぶんそうやって一人の生活に慣れていった。▽そのころ雑誌の編集部で働いていて、よく終電を逃してタクシーで帰った。車窓からビルやマンションを眺めるのが好きだった。夜の街に明かりを灯した小さな窓が並ぶ。窓の向こうの風景を想像した。謎めいた設定を夢想したり、自分と似ている誰かを思い描いたり。想像するのは楽しいような気もしたし、寂しいような気もした。いろいろな出来事があったはずなのに、あのころ眠い目で見た窓をよく思い出す。この30年――と思ったら、不思議とまたあの景色が浮かんできた。

当銘寿夫（とうめ・ひさお）
1982年生まれ。横浜国立大卒。ジャーナリスト。沖縄県の地元紙・琉球新報で在沖米軍基地問題や沖縄戦、東京電力福島第一原発事故と沖縄県出身者との関わりなどを取材・報道した。「A級戦犯ラジオ番組で語る」「連載『原発事故とウチナーンチュ・本紙記者リポート』」の報道で、第8回疋田桂一郎賞を受賞。共著に『沖縄フェイク（偽）の見破り方』（高文研）、『未来に伝える沖縄戦』（琉球新報社）。

▼自宅のテレビ画面が何度も昭和天皇の体調を伝えるニュース番組に切り替わった。そのたびに、観ようと思っていたアニメが観られず怒っていたのを覚えている。一つの時代の終わりだと知るには、幼かった。▽新しい元号に変わって以降、皇族の沖縄訪問時には、土木・建設会社に勤めていた父に連れられて日の丸を振ったこともあった。成長する中で、先の大戦時に沖縄がどう扱われたかを知ってからは、そのような場所に行くことはなくなった。▽天皇制に対する複雑な思いもあってか、「どの年に何があった」ということは全て西暦で覚えている。そのくせ、社会人になって、「平成生まれ」の後輩が会

社に入ったときには、自身が昭和生まれであることを強調しつつ、「自分は昔気質だから」と空威張りしてみせた。元号は、沖縄に生まれた者にとって、そんな風に、遠くて、近いややこしい存在だ。それでも、何年後かには「平成は良かった」と言っているのだろうか。今はまだ、分からない。

長瀬千雅（ながせ・ちか）

1972年生まれ。早稲田大学法学部卒業。編集者、ライター、レポーター。2016年から「ヤフーニュース 特集」でニュースエディターを務める。

▼90年代後半、大学を卒業したはいいものの人生に迷走して実家に出戻っていたころ、名古屋の花卉市場で早朝バイトをしていました。仕事が終わると農家のおっちゃんたちに交じって喫茶店でモーニングをするのですが、おっちゃんたちが新聞を広げては「儲からないねえ」「昔はよかったねえ」と言うので何かと思ったら、株の話でした。▽20代の私は、ああ、景気のいい時代は終わったんだなと、そのときに思いました。平成っぽいエピソードですよね？ ▽ちなみに私の雇い主は知多半島でユリとチューリップをつくっていて、球根の買い付けだといっては毎年夏に二カ月もオランダに行っていました。「カサブランカ（大ぶりのユリ）は不況に強い」というトリビアを得ましたが、役立てる機会はまだありません。

西田宗千佳（にしだ・むねちか）

1971年福井県生まれ。フリージャーナリスト。得意ジャンルは、パソコン・デジタルAV・家電、そしてネットワーク関連など「電気かデータが流れるもの全般」。取材・解説記事を中心に、主要新聞・ウェブ媒体などに寄稿する他、年数冊のペースで書籍も執筆。テレビ番組の監修なども手がける。主な著書に『ソニー復興の劇薬』（KADOKAWA）、『ネットフリックスの時代』（講談社現代新書）などがある。

西丸尭宏（にしまる・たかひろ）

1988年茨城県生まれ。都留文科大学卒業。編集者、ライター。都内で商店街活性化事業に従事したのち、みんなの経済新聞ネットワーク「文京経済新聞」編集長。2016年、ヤフー株式会社に入社し、「ヤフーニュース特集」などを担当。

▼「ぼくは最初の平成生まれなんだ」。早生まれの友だち

と何かの拍子でそんな話になった。小学校2、3年の頃だったと思う。「それなら僕は昭和最後だ」。そういった矢先、「昭和64年生まれの僕が昭和最後だよ。だって7日しかないんだぜ」と割って入ってきた友だちのドヤ顔が今でも忘れられない。▽どうでもいい話だけど、これが「平成」を意識した初めての瞬間だった。その後、ほどなくしてインターネットが普及し、「千葉!滋賀!佐賀!」といった面白Flashにハマった。高校入学と同時に買ってもらった初めての携帯は〈FOMA N900i〉。今では信じられないほど着メロ(着うた)にこだわり、チェーンメールを必死で回していた。20歳の頃に〈iPhone 3G〉が日本に上陸。SNSもいつのまにか実名への抵抗が薄れ、気づいたらmixiからFacebookへ。連絡手段はほとんどがLINEになった。▽インターネットと一緒に大人になった平成。「ほぼ最後」の昭和おじさんとして歩む新時代は、どんな発明が世の中を変えるのだろうか。

廣瀬正樹(ひろせ・まさき)
1984年生まれ。法政大学社会学部社会学科卒業。ライター、カメラマン。日本テレビ報道局にて記者、カメラマン、ディレクターとして勤務。2018年独立。「ヤフーニュース特集」などを中心に活動。

▼中小企業の三代目社長になる……はずだった。祖父は戦後、布切れを集めて売り、インテリア会社を興した。時は高度経済成長期、業績は好調。昭和の終わりに孫の私が生まれ、父が二代目社長を継いだ。▽幼少期、写真好きな祖父に命じられ、「写ルンです」を手に家族の記録係を任された。写真の面白さを知った。高校時代にミノルタのαを買い、撮りまくった。授業をサボり、廃館間近のフィルム上映の映画館に通った。携帯電話がなく、好きな女の子とは公衆電話で話した。「失われた一〇年」にも、それなりの青春を送った。▽少年の知らぬところで、父は闘っていた。バブル崩壊後の低迷と海外製品の進出で経営は逼迫。私が大学生になる頃、父は涙をのみ、会社を閉めた。「お前は好きなことをやれ」。父の決断がなければ、記者としての私はなかった。▽今回の取材で、「人が時代を創るのだ」と学んだ。平成育ちの根性なしは、次の時代を創るべく、今日もカメラを手に街へ出る。

本間誠也(ほんま・せいや)
1961年生まれ。新潟県出身。早稲田大学商学部卒。

北海道新聞記者を経て、フリー記者。調査報道や内部告発などをテーマに取材活動を行う。「ヤフーニュース 特集」などの媒体を中心に記事を発表している。

益田美樹（ますだ・みき）

1978年生まれ。英国カーディフ大学大学院修士課程修了（ジャーナリズム・スタディーズ専攻）。フリーライター、ジャーナリスト。元読売新聞社会部記者。主にオンラインメディアで執筆。著書に『義肢装具士になるには』（ぺりかん社）、『救急救命士になるには』（同）。

三宅玲子（みやけ・れいこ）

1967年生まれ。ノンフィクションライター。「人物と世の中」をテーマに取材。この3年は夜間保育園とベビーホテルの取材に注力。2009〜13年、北京に暮らす。現地で領土問題を経験したことがきっかけとなり、在留邦人によるソーシャルプロジェクト「Billion Beats」を始める。ニュースにならない中国人のストーリーを集積する活動は、今年で8年目。

宮本由貴子（みやもと・ゆきこ）

1970年生まれ。慶應義塾大学総合政策学部卒業。ライター・編集者。女性誌『家庭画報』編集者、みんなの滋賀新聞記者、市民タイムス記者を経て、フリーに。人物インタビューを中心に、女性誌やウェブメディアなどに執筆。

吉田直人（よしだ・なおと）

1989年千葉県生まれ。中央大学卒業。広告代理店での勤務を経て、フリーライターとして活動。スポーツ、障がいなどの分野で執筆活動を行う。

「わたし」と平成
激動の時代の片隅で

2019年3月25日　初版発行

編　者　Yahoo!ニュース 特集編集部／高田昌幸

デザイン　コバヤシタケシ
編　集　田中竜輔（フィルムアート社）
発行者　上原哲郎
発行所　株式会社フィルムアート社
〒150-0022　東京都渋谷区恵比寿南1-20-6
第21荒井ビル
Tel. 03-5725-2001 ／ Fax. 03-5725-2626
http://filmart.co.jp

印刷・製本　シナノ印刷株式会社

Printed in Japan
ISBN978-4-8459-1828-7　C0090